活得健康，活得平衡

WA- THE ART OF BALANCE

[日] 奥村柿　著
Kaki Okumura
石岑　译

中国科学技术出版社
·北　京·

图书在版编目（CIP）数据

活得健康，活得平衡 /（日）奥村柿著；石岑译 .
北京：中国科学技术出版社，2025. 5. -- ISBN 978-7-5236-1101-2

Ⅰ. R19-49

中国国家版本馆 CIP 数据核字第 20246EG965 号

执行策划	黄　河　桂　林
责任编辑	高雪静
策划编辑	申永刚
特约编辑	郎　平
版式设计	吴　颖
封面设计	东合社
责任印制	李晓霖

出　　版	中国科学技术出版社
发　　行	中国科学技术出版社有限公司
地　　址	北京市海淀区中关村南大街 16 号
邮　　编	100081
发行电话	010-62173865
传　　真	010-62173081
网　　址	http://www.cspbooks.com.cn

开　　本	710mm × 1000mm　1/16
字　　数	148 千字
印　　张	15
版　　次	2025 年 5 月第 1 版
印　　次	2025 年 5 月第 1 次印刷
印　　刷	深圳市精彩印联合印务有限公司
书　　号	ISBN 978-7-5236-1101-2/R · 3368
定　　价	79.80 元

（凡购买本社图书，如有缺页、倒页、脱页者，本社销售中心负责调换）

致中国读者信

Dear my Chinese readers,

I'm honored and grateful for your enthusiastic reception of my book. It means a lot to me.

Japanese health practices are deeply inspired by the rich traditions and philosophies of Chinese culture. The exchange of ideas and knowledge between our cultures has significantly shaped the way wellness is approached in Japan. While each culture is unique in its own way, it brings me joy when we realize that we are more similar than different, and that health and wellness are universal values that transcend cultural boundaries.

Thank you for your support and for embracing my book. 希望你喜欢!

Sincerely,

Kaki

亲爱的中国读者们，

我很荣幸，也很感激你们购买本书。这对我而言意义非凡。

日本的养生之道深受中华传统文化和哲学的启发。两种文化之间的思想和知识交流，极大地塑造了日本对健康养生的理解。每种文化都有其独特之处，但当我们意识到我们之间有更多的相似之处而非差异时，我总是感到无比欣慰。健康养生拥有能跨越文化界限的普世价值。

感谢你们的支持，也感谢你们愿意深入了解本书所传达的观点和思想。希望你喜欢！

奥村柿

营养

运动

休息

社交

本书赞誉

WA –THE ART OF BALANCE

张　萌

作家，代表作《人生效率手册》

《活得健康，活得平衡》汇集了日本健康生活的精髓。作者奥村柿在本书中不仅揭示了日本人健康长寿的秘诀，还探讨了其背后的心理学和文化哲学，并分享通过打造营养、运动、休息和社交四大生活支柱实现身心健康。奥村柿融合东西方文化，以其独特的视角，为我们提供了一种全新的、可持续的健康生活理念。

冯玮瑜

艺术家、作家、收藏家、广州市当代艺术研究院院长

《活得健康，活得平衡》是一本将艺术性与功能性完美结合的健康生活指南。书中 110 张精美的插画生动地诠释了生活的艺术。作者奥村柿将日本文化中“和”的理念与现代生活相结合，提出了一种全新的健康生活方式，帮助我们在生命的任何阶段都能改善和维持健康。

任　丽

壹心理年度优秀心理咨询师、《我们内在的防御》作者

《活得健康，活得平衡》是每个追求健康人生的人们必备的健康说明书。对于如何养成健康的生活习惯，奥村柿有着她独到的观点：健康的生活方式是根植于自己的直觉，不需要通过自律或者意志力，而是使用一种和谐、平衡、自然的方式来达成健康的目标，这种方式更关注生活中的细节，从微小的、更容易的地方开始着手，让人们毫不费力地行动。

刘亿蔓

深圳市心理行业协会心身平衡专委会副主任

《活得健康，活得平衡》是一本倡导健康生活方式的书籍，强调身体与心理健康的协同作用。作者通过营养、运动、休息和社交四大支柱，提供了一种平衡的艺术，让健康生活变得自然而不费力。书中不仅分享了实用的健康理念，还融入了丰富的食谱和生活建议，适合不同生活方式和年龄段的人群。无论你是初次尝试还是再次寻求健康生活，这本书都能为你提供易于执行且效果显著的方法。

王盖盖

大外交青年智库（GDYT）创始人兼理事长、湾山友俱乐部（WSY Club）创始人、荔林读书会（GD Club）创始人

《活得健康，活得平衡》是一本图文并茂的健康生活指南，它超越了传统的健康建议，提供了一种整体的健康问题解决方案。作者奥村柿以其在日本和美国的成长背景，融合东西方文化，深入探讨了健康生活的四大支柱，并教我们如何将这些原则融入日常生活。

董莹雪
文化品牌“三只蜗牛”联合创始人、“不完美妈妈 Club”主理人、资深阅读推广人

“健康是 1，之后才有其他无数个 0”，这个观点已经受到越来越多人的认同，但若维持健康需要调动强大的意志力去抵制种种诱惑，也是一种痛苦。本书作者给出了全新的观念，她认为健康生活其实是一种平衡的艺术，她在书中用清淡自然的笔触，提供了任何人都可以采用、执行起来毫不费力的健康生活方式，还在每节后面附带一道健康美味菜肴的制作方法。这对于每天步履匆匆、靠预制菜和外卖维持生计的现代人（尤其是妈妈们）太重要了！

董小梨
公众号小梨笔记主理人、理想读书会创始人

现在似乎进入了一个养生时代——上至 60 后，下至 00 后，大家都注重养生。《活得健康，活得平衡》便给出了一套不论你原本有怎样的生活方式、处于哪个年龄段、有怎样的健康目标，执行起来都毫不费力的健康生活体系，帮助你从营养、运动、休息、社交四个维度构建起平衡的生活方式。只有活得健康、活得平衡，才能活出质感、活出幸福。

发发执笔

个人成长博主、读书群主理人

30 岁，二胎孕期，家有 4 岁孩子，需要兼顾主业和副业。这些要素，让我比以往任何一年都更加关注健康。我一直相信，当我决定将健康置于首位，这一年会成为我人生的转运之年。让我们从这本书中获取健康和平衡的神奇法则，重启我们的人生！

前言

WA –THE ART OF BALANCE

解锁一种余生都能轻松坚持的健康生活方式

我们该如何健康生活呢？这似乎是一个答案显而易见的问题，却也是很多人在努力解决的问题。有很多司空见惯的答案：多吃蔬菜、水果，定期锻炼身体。这些的确是真理，但全无新意且收效甚微，因为这些建议基本不考虑人类是不尽相同的个体。在谈及健康时，我们不能一味遵循数据，更需要明白是什么让我们成为人类。

我认同的健康生活方式是这样的：它不仅考虑到个体差异，还应该更简单、不必依靠强大的意志驱动就能够成功。因为我们的健康并不是仅仅靠一个月、半年或者一年的努力，它需要我们在余生的每一天都不间断地关注自己的健康，它是一项日复一日的工作。

奇怪的是，每当我们思考生活的意义时，大多数人首先会想到的是自己的职业。我们会花费大量的时间去思考自己梦寐以求的工作是什么，什么样的职业和职位能带给我们成就感和自由；我们会思考怎样才能做到工作生活两不误，我们关注自我价值，重视自己的喜好和心仪的奢侈品，当然还有家庭。

我们的工作可以停摆，但健康不能停摆。

之所以思考以上问题，是因为我们知道：一生中除了睡觉，清醒着的时间有一多半都将用于工作，所以我们希望能找到喜欢的工作，而不是在工作中忍受苦难以度过余生。在很多人看来，薪水并不是考量工作的唯一标准，还要关注自己的工作状态、工作与理想的契合度，以及工作是否会影响生活的其他方面，甚至触及底线。即使梦寐以求的工作也不是每时每刻都那么美好，所以，我们有了重新审视“什么才是生活的意义”这个问题的意愿。

这是一个群体性现象：人们一般会优先考虑职业，却忽略了同样应该被重视的健康问题。除非万不得已，我们不会给予健康和职业相同的关注度，更不会对生活进行反思。可是，我们的身体和心理健康却真真实实地影响着生活的方方面面——我们的工作可以停摆，但健康不能停摆。

一份没有成就感的工作，或一种要靠意志力驱动的生活方式，最终都会让人筋疲力尽，想要放弃；但有一种生活方式是我们余生想要并且能够坚持的，那是一种有意识的、以我们的价值观和乐趣为导向的生活方式。这意味着我们可以在庆祝生日时尽情地享用生日蛋糕，旅行时随意品尝当地美食，跟朋友在一起时尽情享受美好时光，做一切能给我们带来成就感和满足感的事，而不必为健康担忧。可持续的健康生活一定是能让我们感到自在、快乐、神清气爽的生活。我们本就该如此生活，所以请开始关注并重视生活中这个至关重要的元素——健康吧！

平衡的艺术：不自虐不极端，佛系养生照样躺赢

对于我来说，明白应该如何关注健康并不是一件自然而然的事情，分享一些关于我的信息可能有助于读者理解。我小时候体重超标，并在脆弱的成长过程中一直背负着超重的负担。人在年轻的时候，外表和体重几乎是评判健康最纯粹、最难以动摇的指标。

我是出生在美国的日本人。我的童年是在达拉斯和纽约度过的，我的健康理念也是美国化的。我是一个很容易受环境影响并渴望改变的人，我认为做事情就应该“要么做到最好，要么放弃”，如果要开始健康的生活方式，就必须进行极端的改造，必须彻底改变我以前的生活方式。我知道这是一个需要勇气、毅力和努力的过程，有一段时间，我曾经每天计算自己消耗与燃烧的卡路里，并在每个周末测量体重指数；我竭尽全力尝试了所有方法，几乎迫使自己走向了极端。在这种状态下，我的体

重最终达到了目标！但我并不开心，因为总要顾及健康问题不仅使我的压力很大，而且困难重重。

搬去日本生活后，我的观点发生了变化。我发现当地人并不是很关注为了健康应该做什么、不应该做什么，健康生活对于他们来说就是一种平衡的艺术。它不需要极端干预或改变，最重要的是，我也找到了一种能够使我的健康与价值观保持一致的方法，一种适合我的、健康的生活方式，它植根于自由和直觉，不受限制或意志力的支配。

我不会在书中讲述吃蔬菜的重要性，也不会敦促你定期锻炼身体，更不会说这对健康、长寿有什么益处。我认为这些都是公认的真理。

我将提供一种任何人都可以采用的方式，并且会告诉你该如何将其融入现代生活。该建议旨在适应不同的生活方式、不同年龄段的人，无论你的健康目标是什么，是第一次还是第 20 次尝试不同的健康生活方式。

我希望你能发现：它执行起来真的毫不费力。

有一种健康法把“怡情”放在重要的位置上，那意味着我们的健康和幸福不仅取决于身体，也与心理健康关系密切。事实上，这两个方面是协同运作的。当注重身体健康时我们会发现，这对心理健康也有好处；当照顾自己的心理时，我们会发现身体状况也得到了改善。它们是如此紧密地相互关联，以至于我们根本无法只关注一方，忽视另一方。

这些认知将扩大我们对健康的理解——健康并不仅仅是多吃蔬菜、多运动这么简单，而是受到很多因素影响。我要分享给大家的，是通过四个基础支柱来构建健康体系：

1. 营养
2. 运动
3. 休息
4. 社交

当然，并不是说营养和运动是专门用来维护身体健康的，而休息和社交是保证心理健康的——对于健康的每一个方面，身心两者都是需要考虑的因素。例如，“吃得好”不仅仅是吃蔬菜，开心地参加聚会，并享受聚会上带来愉悦感的食物，对健康也很重要。健康的社交生活不仅可以增强我们的归属感和自信心，还可以显著改善身体状况。

这些基础支柱彼此密切相关：当我们有高质量的睡眠时，才能有足够的能量来调动和锻炼身体；白天与家人愉快相处，晚上就更容易入睡；若饮食得当，一天都会精力旺盛、积极活跃；白天精神饱满，晚上就很容易睡眠充足——无论是在显而易见的还是在细微的地方，这四大支柱都是相互作用的，加强其中的某一方面，其他方面也能看到效果。当然，过度关注某一支柱，也可能会忽视其他支柱。没有哪一个支柱是“更重要的”，只有均衡发展才能构建起健康的网络。

日语中的“wa”就是“和”的意思，即平衡的艺术。“和”经常被用来描述日本事物，如“和纸”就是日本纸，“和食”代表日本食品，“和服”指日本传统服装。它的含义源于和谐，即我们生活中不同因素组合在一起时所创造出的美好的总和。因此，当我在描述如何以日本人的方式过上更健康的生活时，我要阐述的不仅仅是关于“日本”的生活方式，还是植根于日本文化和日本传统中的生活原则：始终相信“活得好就是活得平衡”。

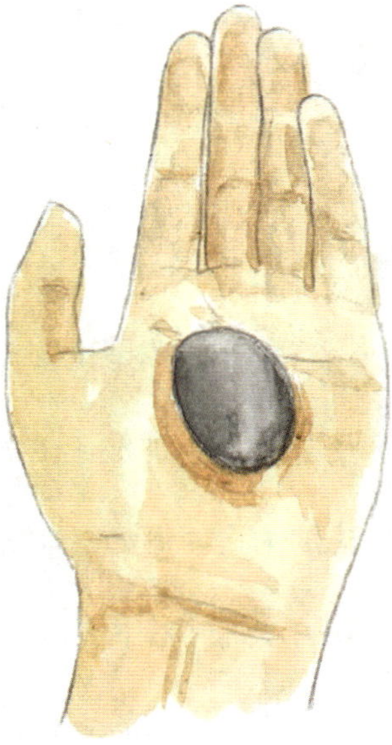

归根结底，健康的生活方式与多吃蔬菜、充分运动并无绝对的关系，而是致力于让我们的生活过得更有意义、更充实。这是一种可持续的心态，使我们能够做自己喜欢做的事、爱想要爱的人，以一种可

以由自己掌控的、发自内心的日常方式去生活。它应该是独特的、自由的、可控的，同时又兼具同理心、好奇心，并且令人愉悦。上述特性，将通过四大健康支柱与持续终身的健康生活方式相互平衡协调来实现。

为此，让我们一起出发吧！

营养

运动

休息

社交

CONTENTS 目 录

支柱一 营养

支柱四　社交

支柱一

营养

NOURISH

似乎每个人都对“怎样吃最健康”有自己的看法。还是小学生的时候，我们就已经根深蒂固地认为健康饮食看起来应该是这样的——大量的蔬菜、新鲜水果、全谷物、瘦肉和蛋白质。理论上这并没有错，但这种信息也妖魔化了“不健康”的食物，即除了上述“健康的食物”以外，其他一切都基本等同于毒药。

“戒掉甜食！”

“脂肪是坏东西！”

“减少碳水化合物的摄入！”

“杜绝乳制品！”

即使没有学校或医疗保健机构的官方建议，媒体和在线推送广告也会正大光明或遮遮掩掩地给我们传递“每天应该吃什么”的信息。随着网络和媒体越来越紧密地与我们的日常生活捆绑在一起，今天的孩子比以往任何时代接收到的信息都多。

对成年人来说，这也是前所未有的状况。某一年我们收到的信息是“应该避免摄入饱和脂肪”，第二年，我们又被告知“碳水化合物是敌人”。现在我们的敌人是不是又成了糖？最近不仅常量营养素[①]成了被批评的对象，就连我们吃饭的时间也出了问题。

然而，所有这些研究和所谓的创新进步，并没有解决“如何吃得好”的问题。更令人困惑的是，这一系列的措施反而使全球人类的健康状况越来越差。

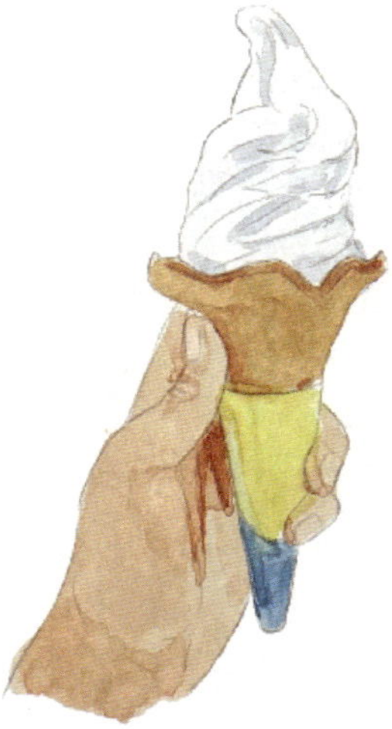

具有讽刺意味和令人困惑的是，当东方主流观点认为含糖量高的甜点和脂肪含量高的肉类对健康有害时，欧美民众却把这些食物作为庆祝活动和纪念活动的主菜：庆祝生日要吃蛋糕，观看体育比赛时吃薯条和汉堡包，工作得到了晋升就会出去吃牛排和冰激凌。现代文明让我们相信，即使在愉快的时刻，我们也需要

① 指在体内的含量大于 0.01% 的矿物元素，区别于含量小于 0.01% 的微量元素。——译者注（以下若无特别说明，均为译者注）

严格地限制自己对食物的情感。这种“食物是神圣的”的心态，加上时刻需要考虑什么可以吃、什么不能吃所带来的压力，反而使许多人对食物失去了控制能力。

但食物不需要也不应该成为生活中压力的来源。那么，食物到底应该被怎样看待？它应该是生活中一种能给我们带来健康、成就感和活力的元素，这意味着我们要明白，它不仅仅是生命的燃料，也是展示文化、特性和快乐的物质。这样，我们才能理解饮食作为“营养”的艺术，以及必要的食物如何帮助人们成长、自我疗愈，以及维护良好的身心健康。这才是正确看待饮食的方式。

接下来的课程旨在帮助人们理解并接受应该如何摄取营养。这是一种更人性的做法，与其告诉你该吃哪些蔬菜，并解释为什么它们对你有好处，不如给你分享均衡饮食的概念和原则，让你有一个长期有效的健康饮食标准，可以随时适应你的生活方式。以后，你就再也不用为“怎样吃才健康”而担心了。

第一课
坚持简单

我是个热衷于跟卡路里较劲的人。不知道有没有人和我一样？

提到“健康饮食”，很多人的第一反应就是计算卡路里的摄入。慧俪轻体（Weight Watchers）和减肥宝（MyFitnessPal）这些品牌就是利用这个简单的点子赚足了钞票：只要你摄入的卡路里比消耗的少，你就能减肥，就能变得更健康！这也是热量低于500卡路里的正餐和100卡路里的零食包如此畅销的原因。当我们浏览产品的营养成分表时会发现，热量指标是营养成分表里最醒目的部分。因此，人们很容易认为它就是最需要关注的营养成分。

然而，最有益于健康的食物往往并没有营养成分表，也没有标明它们所含的热量是多少卡路里，如果你想遵从以上的“健康饮食”规划，就要花费很多精力去记录你摄入的每一大卡热量。一颗西蓝花的热量是多少？

一碗菠菜沙拉、一盘草莓的热量又是多少？大多数人都不知道，数以亿计的人在不知情的状况下，照样过着健康、长寿的生活。

我们不需要计算卡路里也能健康地生活，这是不是就意味着不需要关注卡路里的摄入量呢？这个问题的答案取决于你问的是谁，同时，也取决于你个人的价值观。

停止计算卡路里，照样能健康长寿

什么样的生活模式最有意义，也最能令你满足？花点时间想一想以下的问题可能会有所帮助：闲暇时你喜欢做什么？喜欢与谁共度这些时光？认真关注饮食的细枝末节是怎样的感觉？应该把计算卡路里的摄入纳入你的关注范围吗？

我的观点并不能代表所有人的经验和认知，但大多数人，即便是通过计算卡路里的摄入成功控制了体重的人也会跟我一样，并不认为这种方式符合价值观。因为这会让我们失去对身体感知的信任，沉迷于对卡路里摄入量的关注，即使处于完全健康的状态下，也总是忧心忡忡地想监控自己的体重。通过计算卡路里的摄入来减肥完全是从单纯的科学角度出发的，但是，人类的健康不仅仅只关乎身体方面，它还需要通过内在的满足感和幸福感体现出来。

有一种饮食方法不需要我们关注摄入的卡路里一样可以让我们吃得

健康。事实上，我们对摄入问题想得越少，反而越容易获得身心的健康。

那是一个非比寻常的夏天，我在东京发现了这条健康法则。

培养“简单”心态，尽享美食，轻松减重

记忆在很多方面并不准确，但是，对于我们在某一刻关注过的事情，它们确实算得上尽职尽责。我们记得那些重大的、激动人心的事件，这些事件对我们产生了影响，以至于会在脑海中挥之不去。那么，东京的那个夏天给我留下了怎样的记忆呢？它跟卡路里没有任何关系，因为我

根本不记得自己摄入了多少卡路里，但有两件事我却记忆犹新：

1. 我尝遍了当地的美食。麻薯蛋糕、冰激凌、寿司、抹茶刨冰、日式烧鸟（日式烤鸡肉串）、炒面、炸鸡翅……真是不胜枚举。那真是一段美好的时光！

2. 那也是我人生中第一次，成功减掉了一些多余的体重。我当时根本没意识到自己瘦了，直到我妈妈对我说起此事。经过一个夏天的胡吃海塞，我怎么可能体重减少？于是我站上体重秤，准备用真实的数据来反驳她，可眼前的数字带给我的震惊，让我在之后几个月里都在一直琢磨：这到底是怎么回事？我是不是一不留神吃到了神奇的日本超级燃脂食物？或者，只吃不思考才是被我忽略的黄金减脂法则？

事实证明，并不是上述原因。回到美国后，我减掉的体重很快又长了回来，甚至出现了反弹。之后又过了好几年，我才真正明白为什么会出现那种现象，以及该如何有意识地获取它，而不是盲目地寄希望于“减肥之神”再次显灵。但在当时，边狂吃边掉秤这件事在我脑海里一次又一次地出现：如果不需要关注饮食中的热量，那么我们应该关注些什么呢？

我给自己制定了任务：我要找到真相！

在寻找答案的过程中，我逐渐意识到：那段日子里，我的体重之所以自然而然地减轻至健康状态，是因为那个夏天的生活方式与我的日常生活大有不同，只是我当时并没有意识到。因为这种改变既不引人注目，也不是特别具有颠覆性，它只是简简单单的改变。

当习惯和心态都足够简单时，它们的作用就会变得很直观。关注自我健康就像早起刷牙和梳头一样自然，没人会认为这些行为对健康至关重要，因为我们并没有真正去思考它。说到刷牙的重要性，如果几天不刷牙，你很快就会发现这些小事积累起来会对我们的健康产生多大的影响了。如果我们每天都得关注牙膏用量、用什么牌子的牙刷、晚上应该几点刷牙，光是想想这些口腔卫生问题都会让人筋疲力尽，想要放弃。幸运的是，我们并不需要这样耗费精力来拥有健康的牙齿，而这种情况也同样适用于饮食。

健康的生活并不需要投入大量的时间和精力去遵循什么复杂的饮食计划，或者教条的饮食标准。事实是，如果能养成一些简单的习惯，就可以让“吃得健康”像睡前刷牙或者早上出门前梳头一样自然。只有在这种简单的心态下，才能实现健康饮食的可持续性和长期性。

第二课
“吃饭八分饱，医生不用找”

“我要开动了！”

回东京的第一顿晚餐总是充满仪式感。祖母会在家里为我们接风洗尘，餐桌摆在榻榻米上，桌上有一大堆寿司等着我们，冰箱里也装满了各色精致的日式甜品，供我们稍后随时享用。她为我们准备的寿司完全不是超市里的那些货色，而是从离家一个街区的寿司店里送来的，装在大圆盘里，非常新鲜。寿司上的鱼肉肥厚而鲜美，鱼肉下面的醋米饭温度正合适。

但不幸的是，回到东京的第一顿家庭晚餐也经常让我很纠结：它们总是引不起我的食欲。

这没什么不合理的。按照夏时制，纽约到东京的夏季时差是 13 个小时，这意味着日本下午 6 点的晚餐时间正是纽约早上的 5 点钟；再加上在飞机上干坐了 12 个小时，难怪我从来没有饥饿感。

但我很喜欢吃寿司，尤其喜欢那家店里的寿司，所以即使不饿，我也总会不由自主地吃很多。很难说清楚为什么我对食物的需求总是那么强烈，是因为对食物本身的欲望，还是环境和情绪作祟？或者只是因为我已经很久没有吃过地道的寿司了，所以不想错过这一顿？虽然我从来没说过自己其实一点也不饿，但我的祖母是一位非常有洞察力的女人，她看出了我其实是在强迫自己吃这顿饭。

“吃饭只吃八分饱，阿柿。不必吃光所有东西。如果你因为倒时差半夜醒了，可能会感到饿，那时候冰箱里还有很多好吃的东西等着你呢！”

“八分饱”按照字面意思理解就是：满足胃 80% 的需求，或者说不必吃到饱胀，只需要吃到满意为止。当胃充满 80% 的容量时，我们既不会感到被过度填充，也不会意犹未尽，而是会感到心满意足。这句话实际上是一句谚语的一部分——“吃饭八分饱，医生不用找。”也就是说，适量进食，你永远都不容易生病，因此不用去见医生。

祖母的话并没有在当时引起我的重视，直到今天我才意识到，不管我是否接受，这句话终将一直伴随我。“吃八分饱”不仅是我祖母的坚持，也是日本无处不在的观念，即使并没有积极地追求“八分饱”，我也发现自己渐渐被同化了。

日本人更容易保持苗条的原因

你是否在网上看到过介绍“日本的麦当劳有什么不同”或者“日本的星巴克有什么特色”之类的视频？你会发现视频的主人下单和评论的饮食与美国的大有区别，例如照烧汉堡、鲜虾汉堡和烤绿茶冰沙等。

但这些视频忽略了同一餐饮品牌在日本和美国最重要、最显著的区别。我曾多次与去过日本的人交谈，发现无论是在当地生活了多年的外籍人士还是游客，这种差异在谈话中总是被提到。

“如果他们在美国推出同样的产品，肯定会引起骚乱。”

“话又说回来，美国或许真的可以向日本学习一些东西。”

“这就是日本人更容易保持苗条的原因。”

我们讨论的是什么呢？其实是食物的分量。

即使是同一个品牌，食物的分量也可以有近乎任性的差异，真是令人惊讶。我第一次去日本的麦当劳点餐时，点了一份中杯的饮料，但我认为它只适合小孩子。“怎么会有人认为这杯饮料的量是成年人可以接受的呢？”具有讽刺意味的是，几个月后当我回到美国，看到手中的饮料时，脑海中浮现出同样一个念头，这一次我惊讶的却是美国的中杯饮料为什么量这么大！美国的中杯饮料是 597 毫升，而日本的大杯饮料是 568 毫升。美国“中杯”饮料的量居然比日本的“大杯”饮料还要多！

不仅是麦当劳，这种现象在所有的连锁快餐店和餐厅里普遍存在。我记得我曾经在纽约的星巴克点了一杯冰拿铁，付款后我忘了告诉他们我想要“中杯”，当时收银员也没有问我。我理所当然地认为冰拿铁最理想的容量就应该是中杯，但当他们叫我的名 字时，我得到的是一杯超大杯的冰拿铁，这几乎是中杯拿铁双倍的容量——340 毫升和 682 毫升的区别。他们对标准饮料的默认值，比我认为的要大得多。

我本可以把这件事当作一次性事件来看待，但当我回家查资料时，我发现这两个国家对“适合的饮料容量”的看法实际上是完全不同的。我推测这与个人喜好无关，而是因为菜单的设计方式。

具体来说就是：日本星巴克的菜单显示屏上标明的容量分别是小杯、中杯、大杯，有些产品会有特大杯（Venti），其中小杯的容量是227毫升。由于菜单上有小杯，所以在日本最受欢迎的饮料容量就成了“中杯”，因为它被认为是比较适合的容量；但是，如果你想在美国得到“一小杯”饮料，你就必须向咖啡师提出特殊要求，因为菜单里根本没有“小杯”，只有中杯、大杯、特大杯。因此，最受欢迎的美国饮料容量是“大杯”。估计这是因为“中间选择偏好”以及人们在有三个选项时倾向于折中的缘故吧。

日本汉堡王（Burger King）的小份炸薯条约为75克，而美国汉堡王的小份炸薯条几乎翻了一倍，大约有130克。从2022年起，英国的汉堡王甚至不再提供小份薯条了，最小份的薯条也有116克。日本最小份的达美乐比萨（Domino's Pizza）

尺寸为“M”，就是我们常说的 9 英寸[①]比萨，直径约为 22.9 厘米。而在美国，“S”款的比萨是 10 英寸的，直径约为 25.4 厘米。还有很多例子都说明“默认大小”在不同的国家之间会有很大差异。

我终于意识到，主观标签在整个食品行业里是普遍存在的现象。一种情况下的标准，在另一种情况下不一定是标准。就好比小、中、大这样的标准也是相对的。关注自己的饮食时，重要的是注意它提供给我们的默认分量，而不是不假思索地接受它们。我们应该注意并提醒自己：我到底应该吃多少？

吃光快餐店提供的食物其实是一件值得担忧的事，但这样的情况不仅会发生在快餐店里，在正常餐馆里也是如此。如果你去一家日本餐馆就餐，饭菜都是按份提供的，所以你应该吃完他们准备的食物。把吃不了的食物打包带回家的行为在日本餐馆很罕见，如果你要一个外卖盒，日本的服务员很可能会一脸茫然地看着你！

然而在美国，餐馆的饭菜往往不可能一顿吃得完，所以餐馆都会提供外卖容器。在美国点一份正常的餐食，得到的分量通常都会非常慷慨！如果你能够注意到自己的饱腹感，那么我要给你点赞；因为不能理性对待饱腹感的话，你就很容易吃得过饱。

默认的食物分量差异在超市里也普遍存在。以购买三文鱼为例：在日本，如果你去超市买一份预先切好的三文鱼片，它的分量通常是

①1 英寸 =2.54 厘米——编者注

80~90 克，这是标准分量。如果你想要更大块的鱼片，就只能去专门的鱼贩柜台购买，他们会按照你的要求现切。同样是在超市，英国提供的三文鱼大约是每份 120 克；在美国，一份切好的三文鱼通常接近半磅[①]，也就是 200 克左右，这可是日本鱼片的两倍还要多！

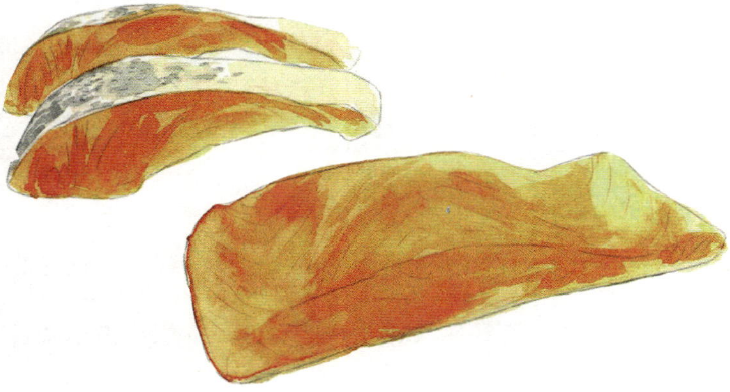

你可能会说，你可以自己动手切三文鱼，但若有兴趣查一下相关数据你就会知道：哈佛大学公共卫生学院推荐的三文鱼食用量是 85 克。现在再来对比一下美国超市提供的三文鱼重量，你会发现，自己很可能在不知情的状况下吃掉达到推荐量两倍的三文鱼。

练习“适度”，从换个小盘子开始

在健康领域有一个很常见的误区：我们花费的意志和努力越多，健

① 1 磅 ≈453.59 克——编者注

康目标的达成率就越高。这些努力包括认真锻炼身体、严格自我控制、养成良好的饮食习惯，但是，我在日本生活的这段时间却发现了完全相反的理念。健康与个人的意志力无关，真正影响我们健康的是生活环境中一些不被重视的细小环节，正是这些细节推动着我们。

我曾经提到过，“健康饮食的日本规则”被称为“八分饱”。但是，如果你向一个典型的日本人提及“八分饱”原则，他很可能会纠正你，并告诉你这不正确。它更像是一种生活方式，讲究凡事适度，并把适度作为一种自然倾向。

日本在长寿方面一直处于世界领先地位，肥胖率也很低，比例为4.3%，是发达国家中最低的。因为日本成功地维持了一种推崇小食量的社会环境，使其民众始终保持适度的饮食水平，因此，国民对减肥这类问题几乎很少关注。

你可能会想：“我既不住在日本，短期内也没有搬去日本的打算和能力。我也没办法改变自己的环境，那么我该怎么办呢？”

每当我给那些想要采取折中原则的人分享我的见解时，经常会得到上述的回应。其实并不需要生活在日本也能做到这一点，因为我们并不需要通过每顿都吃“八分饱”来维持身体健康。我们只需要在大部分时间里练习节制就可以。

首先应该有意识地关注在家就餐的食谱。因为对大多数人来说，大部分时间是在哪里就餐呢？当然是我们的家啊！

大部分日本料理都是遵循“三菜一汤”的原则，就是三种配菜，一碗汤，几个小盘子放在一起组成一顿饭。“一汤”指的是味噌汤，“三菜”指的是两小盘蔬菜和一份蛋白质，最常见的是鱼。用餐时配上一碗米饭，有时还会再配上一点泡菜，就是一顿常见的日式家常饭。

一提到搭配米饭，经常会有人问这样的问题：“白米饭？精制碳水化合物不是对身体有害吗？会不会导致我的血糖飙升，增加胰岛素负荷？”或者“为什么日本人吃那么多白米饭还能保持那么瘦？含糖量多高啊！”

说日本人吃掉很多大米，绝对不是无稽之谈。平均而言，一个典型的现代日本人每年要消耗 82.1 千克大米。相比之下，美国人每年消耗 10.8 千克大米。这里说的并不是糙米或杂粮米这类所谓的“健康米”。日本学校的午餐、政府的食堂和典型的日本家庭常吃的大米就是普通的白米。

关于碳水化合物的说法似乎总是在变。某一年，人家说碳水化合物应该占饮食的大部分，第二年大众媒体又推广，“我们应该一直遵循无碳水化合物的饮食原则”。当我们经历过几轮这样的饮食趋势后，大多数人都相信，并不是所有的碳水化合物都是不好的。我们承认富含纤维的淀粉类蔬菜对健康颇有好处，也不太反对食用糙米、大麦、燕麦和其他形式的全谷物。然而，摄入精制碳水化合物似乎仍然是不被认可的。人们说到白米饭或白面包时就像谈论香烟一样，将其与“危险”“致癌”甚至“有毒”等说法联系在了一起，这样的论调在个人健康领域也非常普遍。有人经常喝酒，但拒绝吃白面包——它们几乎被妖魔化了。

对某一类食物的强烈禁忌并不仅仅局限于精制碳水化合物。从脂肪到乳制品，从糖到肉类，很多食物都上了禁忌榜。这就像八卦新闻一样，流行的营养建议往往一年一变，有时甚至会有 180 度的大逆转。从逻辑上讲，营养和健康理念不应该是一生不变的吗？总不至于所有的东西都对你的健康有害吧？

每一种对食物恐惧的热门话题都会让我感到困扰，因为对食物的恐惧并不能解决健康问题，反而会加剧它。有些人真的认为分享这些信息是在帮助别人，但即使出发点是好的，对食物的恐惧也只会增加我们的焦虑，而焦虑永远不是得到幸福的有效方式。

有些人认为，这种恐惧在特定情况下是必要的，可以警示人们改变不良生活习惯，帮助他们养成积极健康的个人习惯。很多时候我们确实需要被推一把，不是吗？但是建立在恐惧基础上的方法存在的问题是——它导致许多人走向了极端！无论是摄入不足、过度摄入、厌食症还是对食物成瘾，这些都是问题。它最终还会影响我们的自尊心和自控力，致使一些人做出更疯狂和更极端的事情，以试图重新获得对食物的控制力，比如不与他人一起进餐、执行复杂的进餐仪式，以及每顿饭都严格控制食物成分。

健康的生活方式应该是致力于给我们带来更多能量、更多快乐和满足感的东西。如果对食物成瘾成了一个人最主要的生活方式，那么食物就不再是生存的基础，它也不再是健康的了。

这是否意味着白米饭对你有好处呢？是不是意味着你可以无限制地吃下去，不用担心任何后果呢？不一定，因为健康地享受各种食物是一门艺术，我们的关键点又回到了“适度”的主题上。

我们再来看看日本，白米饭是人们最喜爱的主食，但一碗普通的米饭从来不是一顿饭的全部：它经常要和鱼、肉、汤、沙拉还有其他蔬菜一起食用。米饭只是一顿丰富多彩的餐食的一部分。“适度”是指超越具体的食物，看到它在更大范围内的作用——任何

一种过量摄入的食物都对我们的身体没有好处；相反，任何一种适量摄入的食物都完全可以适应健康的生活方式。

在日本，白米饭不一定是健康食物，但它也没有被认为是一种危险或不健康的谷物，因为它存在于一种生活方式中，它是更大范围的平衡的一部分：没有压力，没有强迫，没有羞耻感，更没有罪恶感！它只是食物。当我们规划自己的饮食时，学会考虑适度而不是极端，这样就能够重新控制健康，并为长期可持续的健康打下基础。

健康的生活方式应该是投资那些能给我们带来更多能量、快乐和满足感的东西。

“适度”说起来很容易，但真正做起来，很多人就有点望而却步了。适度到底是怎样的？我究竟应该如何对待它？人真的能凭自己的直觉判断食量吗？作为第一步，我建议大家不要过度专注于想在任何情况下都达到适度，你可以先从改变家里的盘子大小开始，试试看。

坐下来享受一顿饭的时候，很少有人会主动思考自己吃了多少东西。你会发现，这种想法是事先做的。当人们把适量的味噌汤、米饭、蔬菜和鱼放置在固定大小的餐具上，就不必考虑适度饮食的问题，因为餐具的大小已经决定了食物的分量。

所以，先从改变家里的餐具开始吧。这是最好的开始，因为家是我们最常吃饭的地方，这么做不仅可以最有效地控制饮食，而且还可以不断尝试新的方法。如果你家里没有分餐使用的餐具，日本杂货店或网上商店都有分餐用的碗或盘子，买几个回家使用，可以很好地帮助你理解什么是节制。

需要特别说明的是，用小碗来帮助衡量食量并不是限制，重要的是允许自己想吃多少就吃多少。但是，当我们一开始就少盛一些食物时，我们就为正确了解自己的食量提供了一个至关重要的停顿。这可能看起来不是大动作，但它却可以提供足够的空间和时间来自我省察：

1. 我是吃饱了，还是仍然有些饿？

2. 我现在是渴了还是饿了？

3. 再吃一些，我会有什么感觉？

在吃完盘子里的食物后，通过更有意识地省察自己的感受，我们就可以慢慢体会到“八分饱”的感觉了——“八分饱”是一种既不暴饮暴食，也不剥夺自己享受食物的快乐的平衡状态。

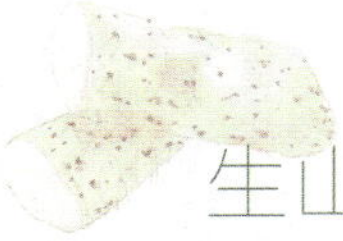

TORORO FURIKAKE RICE

生山药泥拌饭（2 人份）

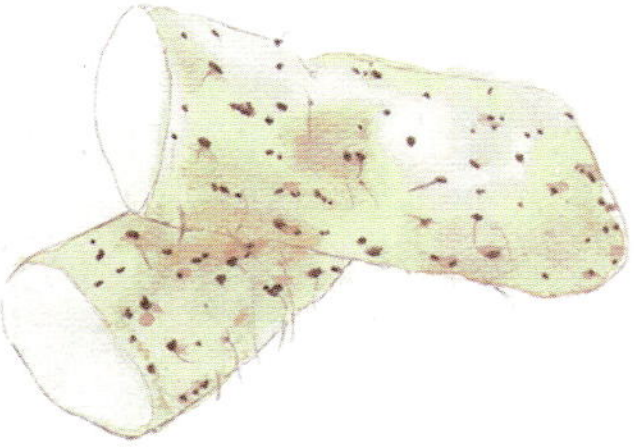

这是几乎每一个日本定食餐厅[1]的菜单上都有的套餐，但我从来没有点过它，因为我认为这个套餐太奇怪了。生山药泥米饭？谁想出来的？但事实证明，山药会令你的米饭大放异彩！你一旦尝过就无法忘怀，它不仅仅是美味，还被称为“大山的药材”，因为它含有促进消化的天然酶。热食或冷食皆宜，一年四季都可以享用这道美味。

配料 Ingredients

中国山药——这是一种全身长满胡须的管状根茎蔬菜，在大多数亚洲食品店都能找到。

- 熟米饭 200 克
- 1 汤匙水
- 1 茶匙高汤粉
- 香松拌饭料（就是日本人撒在米饭上的佐料）

---

① Teishoku，译为“定食”，是日本料理中套餐的意思，日本的套餐通常由米饭、配菜、汤组成。

烹饪说明 Instructions

1. 山药去皮，磨碎。加入水和日式高汤粉，在碗里搅拌——这就是托罗罗（Tororo）!
2. 另外准备一只碗，把米饭和日式大米调味料混合均匀。
3. 把米饭分装在两个碗里，放上搅拌好的托罗罗。

附注：中国山药是可以生吃的，但其他山药不能生吃，所以在这里不要用其他种类的山药或土豆代替。

第三课

寻求食物多样化

直观地理解并实现“八分饱”的关键，是吃完整且营养丰富的食物，并不是严格的、字面意思上的“八分饱”。当食物让我们收到了饱腹感和满足感的信号时，我们就能很好地理解和实现这一点，而现代食品加工厂生产出来的食品却很难做到。

你有没有过这样的情况：打开一盒麦片，或者是一罐薯片、一盒巧克力饼干，然后发现自己吃起来就停不住？拿着一份零食不停地吃，你可能认为很快就会有饱腹感，但不知何故，饱腹感却很难产生。

这看起来很奇怪。世界上的食物通常只要吃得太多就让人不再想吃了，但是超市货架上的包装零食，或者说加工食品，却不会让你有这样的感觉。这并不是因为我们贪吃或对食物无节制，而是因为身体和消化器官不能准确地从这些加工食品中读出相关的营养信息。

这种说法可能不尽准确，比如燕麦就是一种不久前被发现的、可以维持人类生存的食物。它在20世纪50年代“大型食品工业”大规模兴起过程中被普及，该行业的核心目标是创造不容易产生饱腹感的食品。行业要求生产的食物要“超级美味、增加食欲，并且最大化地达到有利可图的目的”。于是，制造商们精心设计了各种各样的包装食品，加入了大量的糖和盐，并去除了像膳食纤维这样的能发出饱腹感信号的营养素，目的是尽可能地吸引人，并使人“干吃不饱”。

我并不赞成把这些食品完全从饮食中剔除，因为我喜欢吃零食，我认为加工食品可以安全地被纳入食物清单。但是，如果我们的饮食主要基于加工食品，那么身体就不能准确地反映出这些无法被识别的“营养”和没有营养含量的卡路里是否满足了饥饿感。结果就会导致暴饮暴食，因为这些食物会让我们在吃得过饱之前完全意识不到饱腹感，从而很难对“适度”产生感知，也很难停止进食。

注意均衡搭配，吃出“平衡感”

要想健康地生活，一定要多吃水果、蔬菜、蛋白质和谷物，这样胃和大脑才能根据我们的需要做出反应。合理的饮食不仅不会让人忍饥挨饿，还能防止我们暴饮暴食。最终，“管住嘴”将不再是对意志力的考验，而是一种自然反应。

你完全不必戒掉零食、甜点或其他喜欢的食物来获得合理饮食的自然反应。事实上，我经常鼓励大家适当接受这类食物，因为强制性的戒除反而会引发痴迷和挣扎的情绪。相反，如果我们能适度、合理地将这些食物搭配进均衡、新鲜的饮食结构中，不仅能够使我们及时获得饱腹感的自然提示，也能对自己的直觉和食物选择充满信心。

那么，我们该如何平衡“健康食物”和“不健康食品”呢？如果你不确定该如何搭配才算平衡，先问你一个问题：当你听到“炸鸡套餐”时，你会想到什么？在美国长大的我，会很自然地想到六块炸鸡、一份炸薯条和一小杯可乐。然而即使还是小朋友的时候，我也知道午餐吃炸鸡不是健康的选项。

所以，当我在东京和朋友一起吃炸鸡的时候，你很难想象我有多惊讶。她的炸鸡套餐完全不是我以往看到的那种，而是一个完美的组合：炸鸡搭配冰镇芝麻豆腐、大仓纳豆、裙带菜味噌汤、羊栖菜[①]配上米饭和

① 羊栖菜也叫鹿角菜，是一种藻类植物。

萝卜泡菜。是的，这也是炸鸡套餐，但它似乎看起来更……健康！

现在回想起来，这两者的差异是显而易见的，也就是在那一刻，我意识到了炸鸡并不是必须和薯条、碳酸饮料一起搭配的。

在日本，油炸食品搭配各种富含膳食纤维的蔬菜和食物才是标配。想想典型的日式炸猪排套餐，如果你去过任意一家日本炸猪排餐厅，我强烈建议你尝一尝，它真的非常美味！你一定会对套餐的配菜感到惊讶——他们不会搭配土豆泥、通心粉和奶酪，也不会搭配薯条，而是与生卷心菜丝和味噌汤一起上桌。

为什么会这样搭配呢？据说，这种传统搭配最初其实是一个偶然事件：猪肉是在明治时期[①]第一次被引入日本的。那时，这道菜更像是维也纳或德国的炸肉排，配上土豆和炒蔬菜食用。

由于 1904 年日俄战争期间日本强制征兵，导致一家炸猪排餐馆的老

①指明治天皇在位期间，时间为 1868—1912 年。——编者注

板缺少人手，为了节省时间，他改变了菜单，导致直接将炸猪肉片与生卷心菜丝而不是炒蔬菜一起端上了桌。

过了一段时间，餐厅老板发现，生卷心菜丝在食客中的受欢迎程度更高，顾客们表示非常喜欢生卷心菜使口腔清新的感觉，而且让他们在吃完猪排之后不会感到那么油腻。这家餐厅也在调整配菜后人气大增。于是，其他餐厅也纷纷给炸猪排配上卷心菜丝，这一改变一直保持到了今天。现在，日本炸猪排配卷心菜丝已经成了这道菜的经典做法。

这种搭配虽然是偶然发现的，但其中却有着非常耐人寻味的平衡：卷心菜中的膳食纤维能抑制和减缓猪排中脂肪的吸收，并为肠道消化提供有益的细菌。卷心菜还富含一种被称为 S–甲基蛋氨酸的酶，也被称为维生素 U[①]，它能温和地保护胃黏膜。这种酶在卷心菜中的含量特别丰富，但高温会使其发生改变，只有生吃才可以充分得到它的营养。

想象一下，如果在美国的餐馆推广油炸食物搭配味噌汤和生卷心菜，估计是

①维生素 U 是 20 世纪 50 年代初引入的一个术语，用来识别卷心菜汁中的一种化合物。尽管它的名字叫维生素 U，但它并不是真正的维生素，而是氨基酸蛋氨酸的衍生物，是一种抗溃疡剂。——作者注

行不通的，但在日本饮食文化中却司空见惯。就像在美国吃汉堡配薯条是一种习俗一样，在日本吃炸猪排配卷心菜丝和味噌汤也是一种习俗。

也许你改变不了这个世界，但你可以让“改变”成为你的生活方式，并在日常生活中推行它。不要再用奶油土豆做油炸食物的配菜了，配上一份清爽的沙拉以保证营养的平衡，或者为你的芝士焗饭配上一份咸鲜多汁的西红柿，美味的汉堡也不一定非要配薯条。发挥你的创意吧！

当然，你并不需要为了更全面、更均衡的饮食，与自己熟悉的口味背道而驰。比如，卷心菜沙拉也是搭配汉堡的经典配菜，你可以尝试把常规蛋黄酱换成低脂清淡的酱汁，你会发现这样更能展现这道菜清甜的

口味。也许你慢慢会发现生卷心菜丝才是卷心菜最佳的赏味方式！

其实，并没有所谓的“最佳配菜”，保持开放、包容的心态和开阔的视野，给你的菜肴添加一些新鲜、刺激的食材，就能让菜肴鲜活起来。我们习惯的食物搭配仅仅是一种选择，只要稍加思考和创新，我们就可以向一个全新、美味的食物世界敞开大门。

也许你改变不了世界，但你可以让“改变”成为你的生活方式，并在日常生活中推行它。

传统的日本套餐通过“三菜一汤”不费吹灰之力实现了饮食均衡，而不是把人们普遍认为不健康的食物，比如炸鸡、炸猪排视为应该从饮食中剔除的东西。当这些食物与蔬菜和味噌汤组合成套餐后，人们就可以轻松地实现饮食健康了。

以食物多样性为核心的健康饮食，不需要刻意减少卡路里的摄入量，也不需要过分关注脂肪和糖，而是要让健康饮食成为习惯并延续下去。它帮助我们保持一种相对的平衡，并降低对某种食物全然接受或干脆拒绝的风险。同时，食物的多样性也使我们更容易达成与整体健康的平衡。

冲绳百岁老人的长寿秘诀

饮食多样性原则并非仅仅停留在构想阶段，实验证明，它是我们健康生活和优雅老去的最佳饮食方式之一，特别是当我们喜欢食用新鲜蔬菜和所有的水果时。

去冲绳的短途旅行让我受益匪浅。

冲绳县是日本南部的一个岛屿，在这个以长寿闻名的国家里，冲绳显得格外突出。它不仅拥有美丽的海滩、清澈的海水和充足的阳光，更是著名的“蓝色地带”① —— 一个百岁老人比任何地方都多的地区。

那么，是什么让他们如此健康呢？如果你问日本人，“让冲绳人长寿的食物是什么？”，他们很可能会提到一种叫“戈雅”的蔬菜，就是苦瓜。

苦瓜在当地被称为“冲绳的超级食物”，被认为是冲绳人健康、长寿的原因。这是一种形状酷似黄瓜的蔬菜，表皮凹凸不平，呈暗绿色，正

① “蓝色地带”指一些世界上最长寿的人居住的地理区域。该词最早由丹·布特尼使用，他在研究世界上长寿者的聚居地时，用蓝色的圆圈标示。——作者注

如它的名字那样，它尝起来很苦。冲绳人的家常饮食里经常有这种蔬菜，他们还特别把5月8日定为“苦瓜节”来庆祝。如果你去冲绳机场的纪念品商店，很可能会发现一些以苦瓜为主题的钥匙扣和T恤衫。苦瓜富含维生素B、C和K，也是一味传统的草药，据说它有助于促进血液循环、降低慢性疾病发病率的作用，还能促进消化。

听起来是不是好得有些不真实？有一年夏天，我去冲绳旅游。我对苦瓜充满了好奇，想体验一下它神奇的功效，同时也看看当地人如何把这种蔬菜融入他们的饮食。毕竟，这是让冲绳人得以长寿和健康至关重要的超级食物！我准备带回家一盒，并在我的每一餐中都加入一些苦瓜。

食物多样性已被证明是健康生活和优雅老去的最佳饮食方式之一。

苦瓜确实像它的名字那样，这种凹凸不平、有点苦的绿色蔬菜富含多种维生素，是抗氧化剂化合物的极佳来源，可以有效保护人体的细胞。在冲绳旅游期间，我经常看到菜单上有两三道苦瓜做的菜，大多数是和豆腐一起炒，或者作为沙拉里的配菜。

同时，我还惊讶地发现，苦瓜在冲绳不仅被餐馆当作一种可供食用的蔬菜，还有日常的药用价值。但是通过与当地人的交流和在浏览器上的搜索结果却使我发现，大多数冲绳人并不经常吃它。苦瓜并不比胡萝卜、菠菜、西红柿等其他蔬菜更受欢迎。事实上，苦瓜在冲绳被认为是一种口感苦涩、颇有争议的蔬菜，虽然它是冲绳的文化象征，但依然有人喜欢吃它、有人讨厌它，大多数人也只是偶尔吃一下——这其实也是大多数人对待不同种类蔬菜的看法。

冲绳百岁老人的比例明显高于日本全国的平均水平。事实上，尤其值得关注的是，他们不仅长寿，而且始终过着健康、积极的生活。

> 2007年一项针对居住在冲绳的22位百岁老人的数据研究显示：82%的人在92岁时仍然独立生活；约67%的人在97岁时仍然能独立生活。在其他项目的研究中发现，与一般人群相比，冲绳的老年人阿尔茨海默病发病率较低，患心脏病、乳腺癌、前列腺癌和卵巢癌的概率也较低。可见，他们不仅寿命长，而且很健康。

如果长寿并不是因为苦瓜这种超级食物，那么，这些人的饮食和普通人到底有什么不同呢？在接受美国有线电视新闻网（CNN）采访时，这项研究的负责人克雷格·威尔科克斯（Craig Willcox）表示，他发现这些冲绳人通常每天吃7种不同的水果和蔬菜，日常饮食中会有200多种不同的食物和调味品。他的研究表明，冲绳百岁老人的健康源于多种蔬菜的摄入，而不是某种单一的蔬菜。

我第一次看到这项研究结果时感到非常震惊，他们是怎么做到在一天之内摄入这么多不同的蔬菜和调味品的？这似乎是一项很复杂的工作，我认为这种方法不符合现代生活方式。这些人可能是生活在比较特殊的环境中，因此可以这样管理饮食，但我不可能坚持这样吃。忙碌的现代人可没有那么多的时间去准备如此丰富多样的饭菜。

实际上，冲绳最常见和著名的食物是一种炒蔬菜，品尝过这道菜的人就会知道，吃 200 种以上的食物并不是那么困难。这种炒蔬菜的意思是“混合在一起”，就是把各种不同的蔬菜放在一起炒，经典的搭配包括苦瓜、豆腐、鸡蛋、豆芽、胡萝卜、卷心菜，有时还有洋葱。这道菜通常会搭配蒸红薯和味噌汤，味噌汤里有海藻、豆腐和萝卜。冲绳人经常在饭后或两餐之间吃一些水果，比如菠萝或木瓜，再配上一杯新沏的茉莉花茶。

不仅仅是这道菜，很多冲绳菜肴都是各种各样的蔬菜混合在一起的。这些菜肴并不是特别难做，也不是特别费时。菜肴的核心就是简单的炒合菜，即将许多不同成分的蔬菜搭配到一起。突然间，我明白了，想要在一天的饮食中加入许多蔬菜并不是不可实现的。

冲绳人的饮食之所以备受推崇，并不是因为他们生活在蔬菜品种丰富的环境中，也不是因为他们的饮食中剔除了某些特定的成分。饮食和烹饪习惯影响了他们的生活方式，他们每天所吃的膳食多种多样、丰富多彩，通常包括各种各样的绿叶菜、根茎菜和海藻，而不会以某种单一的成分作为其饮食的中心。

事实上，我们不必更新食谱或掌握新的烹饪方法，以此来增加饮食的多样性。比如，你计划在晚餐时做一道汤，可以试着加入一些菠菜或碎西红柿，这些是你以前不会加的；如果你要做意大利面，可以加入一些豌豆或切片蘑菇，为意面增加颜色和风味；你还可以在米饭中加一些鳄梨，在三明治中加入新鲜的切片西红柿，或者看看冰箱里还有什么可添加的蔬菜，创造性地制作菜肴。你可以像在早餐中加一些切片苹果一样，在晚上的冰激凌甜点中加入一些蓝莓。

我们并不需要学习新的食谱和烹饪方法来增加饮食的多样性。

为你正在享用的食物增加一些其他成分，完全不必重新设计你的整个膳食计划。每天改善一小步，健康向前一大步。

多样性的原则不仅限于水果和蔬菜，也可以应用于其他类型的食物和香料。在日本，人们喜欢在米饭中加入各种不同的谷物，比如小米或大麦，以增加颜色和口感，或者在米饭中加入红豆，增加米饭的豆香味和甜味。

日本人还经常会在米饭上放一些米饭调味料，这是一种传统的日本调味品，通常是用鲣鱼干、干海藻、芝麻、盐和一点糖调配的。米饭调味料最初是由日本大正时期（1912—1926 年）一位名叫吉丸助吉的药剂师发明的，原本是作为一种简单易行的方法来治疗病人缺钙的问题，最早的配方是鱼骨、烤芝麻、罂粟籽和海藻的粉末。他给这种产品起名叫“大米之友”。现在的米饭调味料有成百上千种不同的口味，大多数家庭的橱柜里都会备上几种。

另一种主要的日本调味品叫“七味粉”，也叫“七香辣椒”，它是由红辣椒粉、日本三朔胡椒粉、黑芝麻碎、干橙皮碎、麻子碎、罂粟籽和青海菜组成，还有一些有药用价值的香草根。它是 1625 年在江户市（也就是现在的东京）研发出来的，最初是作为有特定功效的草药出售，并且经常在寺庙和神社前出售。后来，这种草药混合物流传到江户之外的很多地方，成为日本主食的调味品。如今，它常被用来搭配乌冬面、碱面条、味噌汤或米饭。

食物多样性也可以通过对经典食谱的修改来实现。例如，日本很流行在烘焙时使用豆渣粉或干大豆粉来代替食谱中的一部分面粉，以增加额外的膳食纤维和营养成分。并不是说要用豆粉取代整个食谱中面粉的用量，而是将其中的一部分面粉换成豆制品，这样一来既可以保持食物的味道，同时也可以实现食物多样性。

如果没有干豆粉，也可以考虑用其他的粉类代替，比如在饼干中加入一些全麦面粉，或者在布朗尼中加入一些坚果。

同样，在日本的烹饪中，豆腐常被用来搭配肉类，而不是取代肉类，以此增加摄入的营养成分。在美国，虽然很多人想把豆腐添加到他们的饮食中，但也有很多人不太喜欢豆腐。豆腐的蛋白质含量很高，热量和脂肪含量很低，但人们依然很难接受它的味道——他们形容它味道寡淡、口感松软，生涩的酱油味实在让人没有胃口。

一开始这让我很困惑，现在终于明白了其中的缘由。西方文化倡导用豆腐代替蛋白质，是因为它是素食者的最佳蛋白质来源，可以代替肉类。特别是北豆腐，这种豆腐味道更寡淡、更软糯，几乎就是“健康”的代名词。照烧豆腐和烧烤豆腐虽然经过烹制，但仍然没有肉类那么美味诱人。而且这类豆腐制作的菜肴要添加大量的糖、盐和油，以求接近动物蛋白的味道。因此许多人的结论是：豆腐做成了肉价钱！

但日本人对豆腐的使用一直是本着互补的原则。豆腐不是用来取代肉类的，而是与肉类搭配食用。在日本的汉堡包里通常会用豆腐代替一些肉末，使汉堡的口感更松软，能够更好地吸收香料，并使传统的肥腻食物变得更少油、更清爽。做汤或炒菜时也可以用豆腐代替一部分猪肉或鸡肉。日本很多食谱都会建议减少肉类的用量，并用一些豆腐来代替。

由此可见，建议大家多吃豆腐并不代表不吃肉，相反，豆腐搭配肉类会使菜肴变得更好。通过增加一些有营养的东西使饮食多样化，对我们的身体更有益，味道也更丰富。

它还有一项额外的好处就是：对环境保护更有帮助。如果你喜欢吃肉，与其纠结于是否应该戒除你喜欢吃的食物，不如试着关注食物的多样性，添加一些对身体有益的营养成分，以此来替换掉一部分你喜欢的食物。其实，肉类是我们的文化和成长过程中很重要的一部分，如果你就是喜欢吃肉，那么你其实完全不需要牺牲自我去寻求饮食的平衡。

如果你实在不喜欢吃豆腐，日本还有一种方式可以让你持续、健康地品尝肉类美食。需要说明的是：日本人并不是不常吃肉！大多数人每天都会吃肉。但我发现，日本人会把肉切成薄片，配上蔬菜一起吃，这在美国是不常见的。

在日本，很多经典的肉类菜肴都是用切得很薄的肉片制成的，比如昭和姜猪肉、土豆炖肉、寿喜锅、日式炖牛肉等。如果你去日本的超市选购肉类，你很快会发现大块的牛肉和猪肉非常少，相比较而言，切成薄片的肉类可选择性要大得多。如果你去传统的日本餐厅，菜单上可供选择的肉类通常也是切成薄片的，并且会搭配各种蔬菜。我又一次意识到，日本人的确经常吃肉，只是他们吃得并不多。日本的健康饮食标准并不是要去除肉食，而是更注重平衡，并推出了很多肉类和蔬菜搭配的菜肴。

动物性产品特有的风味和脂肪是让人们产生饱腹感的信号源，因此，不要去吃大块的牛排和大块的肉，也不必完全从饮食中去除肉类，搭配出营养更全面的菜肴，就能够让我们想吃就吃！动物脂肪有助于激发满足感，这是低脂饮食和植物油无法做到的。对于那些希望尊重自己饮食直觉的人来说，这是一个非常重要的信号——这也是我和许多日本人所坚持的健康饮食的关键原则。

控制饮食并不适合所有人，但我们仍然可以通过在日常生活中做出一些小的改善来达成更好的、更健康的、尽量减少对环境影响的饮食方式。所以，如果你想让你的饮食变得更丰富多彩、更多样，考虑一下日本人的吃肉方式：切成薄片，配上蔬菜。

为了更健康地生活，我们不需要太过追求必须采用“超级食物”来组成每天的饮食，或者从饮食中去除某种特定的食物。相反，试着密切关注你每天所吃的新鲜水果和蔬菜的多样性，如果可以的话，每天至少吃 7 种蔬菜、水果。同时，你也可以试着改变膳食中其他食物的搭配方法。如果我们能使大部分的饮食达到多样性，健康饮食就不再像是一种牺牲，而更像是一个机会，可以让我们的健康得到可持续发展。这就是既轻松又健康的生活方式的关键！

JAPANESE WAFŪ HAMBĀGU

日式和风汉堡包（4 人份）

日式和风汉堡包是日本传统汉堡的一种。它的口感和风味比美式汉堡清淡很多，甜、咸和少许辛辣的味道达到了很好的平衡。豆腐是这道菜的点睛之笔，因为豆腐松软，能很好地吸收酱汁的味道，同时保持菜肴的清淡和清爽。它并不是美式汉堡的替代品，而是有自己辉煌的历史和独特的味道。

配料 Ingredients

- 肉末 150 克（鸡肉、猪肉或牛肉）
- 北豆腐 300 克
- 1 颗洋葱，切碎
- 干羊栖菜 5 克（可选）
- 中筋面粉 2 汤匙
- 柠檬醋 3 汤匙
- 糖、清酒、酱油和味醂[①] 各 1 汤匙
- 紫苏叶 1 片

① 也叫味淋，是一种类似米酒的调味料，富含甘甜的酒味，可以去除腥味。

- 萝卜碎 400 克（约 1/4 个萝卜）
- 盐、胡椒粉、食用油（我通常使用核桃油）

烹饪说明 Instructions

1. 将豆腐压碎，羊栖菜泡软备用。洋葱切碎，萝卜磨成碎。
2. 将肉末、豆腐、洋葱、羊栖菜、面粉、盐和胡椒粉一起放在大碗中搅拌均匀。
3. 以上馅料制成肉饼，在煎锅内薄薄涂一层油，用中火将肉饼煎至褐色，翻面，然后盖上锅盖焖 4~5 分钟。
4. 将肉饼盛出，重新在锅中加入柠檬醋、糖、清酒、酱油和味醂，轻轻搅拌均匀，小火炖煮收汁。汤汁浓稠后关火，将煎好的肉饼放回锅中缓缓地淋上酱汁。
5. 将肉饼放在面包上，撒上碎紫苏叶和磨碎的萝卜，制成汉堡包。开始享用吧！

第四课

方便快捷是王道

有一种常见的误解，认为健康饮食就是坚决不走捷径。所谓的“健康饮食者”每天都要花费几个小时去超市购物，然后在厨房亲自动手制作。如果你搜索“健康饮食”的相关图片，最有可能看到的是一个正在切胡萝卜的人，而不会是穿着睡衣、站在微波炉旁等待计时结束的人。

然而在我们家，烹饪健康美食的场景却是后者。这是我妈教我的。

如果你想学习如何烹制方便又健康的饭菜，最好的例子之一就是制作日本便当[1]。特别是那些必须在每天早上7点之前为3个孩子准备好午餐的人，更需要在不浪费时间和精力的情况下创造性地做好饭。

例如，你想给孩子准备一份水煮西蓝花，表面上看起来很简单——烧一锅水，放入西蓝花，对吧？但是，如果你一睁眼面对的就是时间的

①即盒装餐食，主要通行于亚洲等以稻米作为主食的地区。——编者注

压力，你就能理解为什么这是一件很麻烦的事情：

1. 接一锅水放在炉灶上，烧水至沸腾。
2. 西蓝花洗净，切成小朵。
3. 放进锅里煮 2~3 分钟，确保口感鲜嫩。
4. 用漏勺捞出西蓝花，沥干水分备用。

然而，日本午餐便当的食谱绝不会教你这样煮蔬菜。它的说明很可能是这样的：

1. 购买一袋预先切成小朵的西蓝花，放在玻璃碗里。
2. 碗内加入一汤匙水，盖上微波炉专用的蒸制锅盖。
3. 微波炉小火加热 2 分钟。

这个操作过程的绝妙之处在于，你甚至不需要操心西蓝花什么时候煮熟——点击微波炉的“开始”键之后，你就可以开始做其他事情了。烹饪方式是否优雅并不打紧，方便快捷才至关重要，因为用微波炉做出来的西蓝花依然是西蓝花。

有记载的日本便当最早出现在公元 5 世纪，是非常简单的饭食，就是经过脱水的干米饭。猎人经常将其随身携带，外出打猎时可以简单地蒸或煮来直接吃。到了16世纪，日本社会发生了变化，人们开始去离家更远的地方工作，于是第一个现代便当盒诞生了，它方便而创造性地解决了人们在通勤过程中的吃饭问题。随着日本社会富裕起来，人们开始用便当盒携带野餐、茶歇等，作为娱乐配餐。而由于很多上学的孩子要带午餐，便当的市场进一步加大，家庭自制的便当因为营养丰富被推广开来，它均衡地搭配了碳水化合物（通常是大米）、健康的蛋白质，以及大量五颜六色的蔬菜。

典型的日本便当盒被设计为分格子的容器，装着日本孩子营养均衡的午餐。主要的分格用来盛米饭，几个较小的分格放蔬菜和蛋白质食物。便当盒的构造可以让家长更直观地关注孩子的饮食均衡，同时确保午餐的多样性。

“懒人饮食”就不健康？

关注营养并不代表不能追求方便地制作健康饮食。小时候，我经常看到妈妈早上用微波炉加热鸡蛋羹，因为她希望午餐时能给我补充更多的蛋白质，但前一天晚上忘了煮鸡蛋。有时她还会用微波炉解冻菠菜，随意地用酱油和日式高汤调味，这样我的午饭就增加了更多的绿色蔬菜。

对于那些没时间经常去超市或杂货店购物的人来说，使用冷冻蔬菜是一个方便的手段。例如，解冻一袋冷冻毛豆，再用柚子胡椒盐调味，

就是一道简单的美食，花费最少的时间和精力，就能为午餐增加额外的蔬菜和蛋白质。平时可以常备一些冷冻豌豆、抱子甘蓝、胡萝卜或萝卜，这样你就可以随时吃到健康的蔬菜了。

冷冻蔬菜还有一个好处：你不必担心食物会变质，需要的时候可以随时使用。这对杜绝食物浪费很有帮助，还可以更有效地帮助你坚持饮食多样化。

除了微波炉，几乎每个日本家庭都非常依赖的另一种电器是：电饭煲。

为什么是电饭煲？显而易见，不用电饭煲也能做米饭——只需要一口锅加一些水就可以。但电饭煲会将这个过程简化为三个步骤——淘米、加水、按键。不用计时器，也不需要站在锅边检查什么时候米饭能煮好，如果你想直接走开去干别的事情也完全可以。

就像用微波炉蒸西蓝花一样，电饭煲不仅不用操心，还可以省出一个炉灶烹饪其他食物。烹饪方式如此省心，这也是为什么日本家庭每家一只电饭煲的原因。

虽然大多数人都希望吃得更健康，但当我们的头脑中有一堆事务需要处理时，关注健康饮食就会变得很困难。早上，我们赶着去上班、上学，几乎没时间考虑做一锅米饭。筋疲力尽地下班回家后，就算是烹饪的狂热粉丝也会觉得在家里做一顿健康美食变得完全没有吸引力。我注意到了现代生活的需求，也能理解上班的父母和忙碌的学生，我深深地知道在回家的路上点一份外卖或买一份即食餐会让生活容易很多。

健康饮食并不等同于味道寡淡——你完全可以通过不同食材的搭配来提升食物的味道，而不必依靠复杂的酱汁或花哨的烹饪技术来做出美味的东西。如果我们已经用电饭煲做了米饭，也知道如何用微波炉制作另外两种蔬菜，我们就可以告诉自己："好吧！我只需要煎几块三文鱼，就可以得到一顿完美的晚餐了。"方便并不意味着不健康，它只意味着方便！

如果你买过日本的菜谱，就会注意到很多食材列表往往只有几行，制作过程也只有简短的几句话。例如，生鱼片只用酱油调味；味噌汤只需用味噌酱、日式高汤和切成块的豆腐就能制作。然而，这些菜肴在味道上并不寡淡。

我越来越明显地意识到，日本料理很巧妙地使用四种关键原料来调味：酱油、清酒、味噌和日式高汤。几乎每个食谱都会用到其中一种来调味，或者几种搭配起来使用。为什么呢？因为这四种调味品的鲜味非常丰富。

"鲜美"是描述美味的最佳方式，是食物的五种基本味道之一。从科学的角度来解释，鲜味是谷氨酸钠的味道。1908 年，日本化学家池田菊苗将这种味道命名为鲜味（英文翻译为 Umami），但直到 1985 年它才被科学界广泛接受。

提升鲜味的烹饪方法已经存在几个世纪了，这也是酱油、日式高汤、清酒和味噌在日本烹饪界大受欢迎的原因。只要一点酱油或一勺味噌酱，其中富含的鲜味就能让我们的食物风味大不相同。

日本料理就是通过巧妙地使用这四种原料来提升鲜味的：酱油、清酒、味噌和日式高汤。

这些调味品之所以能成为日本料理主要的调味品，不仅仅是因为可以提鲜，还因为它们使用起来简单方便。如果保存得当，这四种调味品都可以在冰箱或食品储藏室里存放多年，它们在橱柜中所占的空间也很小。你完全不用花几个小时去煮昆布（海带）和鲣鱼干来制作日式高汤，现成的日式高汤在很多网店或杂货店里都能买到，日本的家庭主妇经常用这些调料烹制菜谱上的菜肴。

手作三餐就是最好的“心灵按摩”

我们都很喜欢健康、有益的食物，无奈生活太过忙碌，这也是许多人很难做到饮食健康的原因。经过一天辛苦的工作，我们已经没有太多精力做晚饭了，每天都点沙拉搭配谷物的“健康外卖”不仅倒胃口，还会加重经济负担。为自己做饭是一件很重要的事，它关乎你的身体健康。自己制作食物可以让你了解食物会如何影响你的身体，这是预制食品或快餐外卖做不到的。

烹饪不仅能促使我们停下来思考“我的身体今天想要或需要什么”，还能相应地做出决定，并让我们在饭后进行一些有益的反思。如果觉得晚餐对我们的口味来说有点厚重，我们可以提醒自己“下次要少放点橄榄油”；如果观察到它让我们有点负担，下次可以在酱汁中少放点糖，多加一些高纤维蔬菜。我们开始关注那些进入身体的物质，并对它们如何影响身体产生兴趣，从这个过程中不断学习，就可以更有效地找到平衡的饮食途径，让我们能够享受所吃的东西，同时又能确保这些食物为我们的健康服务。

如果过于依赖预制食品，我们就会失去对食物的感知力，因此很难掌握自己对食物的独特需求，也无法相应地调整饮食方式。我们无法选择应该多吃甜的还是咸的食物，也不知道是应该摄入更少的油脂还是多吃富含纤维的蔬菜。有时候，我们会找个机会去餐厅享受一顿美妙的晚餐，或者在结束了一整天压力巨大的工作后点份外卖来犒劳一下自己，这都是折中的方法，但如果经常这样，我们就会逐渐失去对身体需求的感知，因为我们无法确定这道菜里都有些什么。但是当我们在家做饭时，自然就能逐渐学会直观的饮食方式。

这种对烹饪价值的了解，也让我看到了投资食材和炊具的价值，从购买味噌酱到购买昂贵的电饭煲。它们让在家做饭变得更加轻松、愉快，而不是紧张、费事，因为享受制作和品尝食物的过程正是保持健康饮食的关键。无论你控制饮食的目的是减肥、提高免疫力还是长寿，无论你是通过吃水果、蔬菜、蛋白质还是谷物来实现这一目标，一切都会很自然地水到渠成。

自己做饭很重要，因为它可以帮助你有效地控制自己摄入的食物。

因此，我们应该考虑为未来的健康投入精力，购置能帮助我们实现这一目标的工具，而不是一万种小窍门或“清洁饮食”的快捷键。健康且可持续的生活方式，需要你有对饮食和烹饪的热爱，这意味着投资那些让在家做饭变得更容易、更便宜、更美味的工具和食材是值得的。

SESAME SPINACH OHITASHI

芝麻菠菜（2 人份）

有人可能会认为，因为我喜欢烹制好看又好吃的食物，所以我肯定不屑于用微波炉做饭。事实正好相反！微波炉很适合在你想不出晚餐计划，或冰箱里食物不多的时候使用。这道简单的芝麻菠菜的制作方法绝对值得收录进你的菜谱里。

配料 Ingredients

- 新鲜菠菜 170 克，或冷冻菠菜 120 克（你可以使用冷冻菠菜代替新鲜菠菜！用微波炉直接解冻即可）
- 80 毫升或 1/3 杯水
- 1/2 汤匙酱油
- 1/2 汤匙味醂
- 1 茶匙高汤粉
- 芝麻调味

烹饪说明 Instructions

1. 微波炉解冻菠菜 2~3 分钟，或菠菜断生即可。冷水冲洗、沥干后将其切成 5 厘米的段。
2. 将菠菜、水和上述调味料一起装入碗中，搅拌均匀后装盘。

第五课

品质至上

日本非常重视饮食文化。外出旅行的人通常会给朋友或家人带一些糖果或手工小食品作为伴手礼。如果你去参加商业会议，主办方通常会提供“和果子”[①]或日本糖果作为礼物，以示友好。

如果你问正在上小学的孩子“你长大后想做什么”，很多孩子会回答说想成为餐馆老板或厨师。实际上，小学生职业选择的前三名和高中女生职业选择的前十名里都有糕点师。日本的面包店和糕点店向来因优质、精美的甜点品质而声名远扬，在日本，但凡是大一点的火车站，都会有好几个售卖漂亮甜点的摊位。

美食也是娱乐的重要题材之一。美国电视节目《铁人料理》（*Iron Chef*）最初的灵感来自同名的日本烹饪节目，这是一个邀请厨师们围绕

① 一种精美而形态多样的日式甜品，以糖、糯米、小豆等为主要原料。

特定主题或食材进行定时烹饪的比赛。在日本大受欢迎的电视节目主题之一是明星们到著名的咖啡馆、餐馆“探店”，并对所选菜品进行点评，或让明星们参观农场、渔场，学习烹饪当地美食。人们喜欢谈论食物，愿意了解美食，热衷于发掘新的餐馆、食物，与家人和朋友同去品尝。

虽然日本人如此爱“吃”，但并不意味着大多数热爱美食的人都过得非常不健康。具有讽刺意味的是：日本人保持健康的原因，正是他们放纵自己对食物的热爱。

关于健康饮食的最后一个问题，就是我们该如何理解“放纵”这个词。虽然可能只是一个小小的视角转变，但它却能让我们理解“健康生活”和“总是节食”之间的区别。

顺应风土，享受当令美味

我记得有一天，祖母带着一个用粉红色丝带包裹着的精美盒子回家。她兴奋地宣布，晚饭后将有一个惊喜等着我们，一个非常特别、非常令人满意的惊喜，所以她让我们白天最好不要吃太多零食。

盒子很大，也很重——也许是巧克力蛋糕？这么重的盒子不可能是日本甜点。由于祖母迅速把盒子放进了冰箱，所以我认为里面也肯定不是饼干或任何形式的黄油蛋糕。我非常兴奋地想知道里面有什么，满怀期待地度过了那一天，吃得也很节制——这样我就可以最大限度地享受她为我们准备的惊喜了。

到了吃甜点的时候，我几乎已经等不及了。祖母让我们拿出通常是为客人准备的、漂亮的盘子和茶杯，所以我知道这一定是很特别的食物。她让我们兄弟姐妹聚集在桌子周围，郑重其事地开始品尝……

我很困惑：盒子里居然是杧果！

祖母大概是把我的哑口无言当成了惊喜，她兴冲冲地告诉我们，一位住在冲绳的朋友是如何把这些杧果作为礼物送给她的。每个杧果的价格约

为 40 美元，朋友慷慨地送来了一箱共 4 只与我们分享。这是我当时听到过的最奇怪的礼物——亲手种植且价格昂贵的杧果，但我突然被这些热带水果的香甜气息吸引了。

简直就像是打开了一瓶香水，浓郁的香气使我震惊：这竟然是从水果里散发出来的！我小心翼翼地从盒子里拿出一个杧果，感觉它沉甸甸的，完全成熟了。它的表皮光滑，完美的鲜红色，没有一点瑕疵。这是我这辈子见过的最漂亮的杧果！我着迷地看着祖母熟练地切开它，果汁和香气瞬间倾泻而出。当我终于有机会用叉子叉起果肉时，那触感就像布丁一样，还没来得及咬上一口，甜味就已经在我嘴里融化了。我已经忘了我想吃巧克力蛋糕的事了。

当有人提到“放纵的食物”，你会想到什么？如果你想到的是堆积成山的奶昔、糖果、汉堡和薯条，那么你的想法就和大多数美国人一样，或者可能和西方国家的人一样。不信你可以用谷歌搜索来确认一下，很可能会看到以下的图片：黏糊糊的奶酪、浓稠的巧克力蛋糕、厚厚的汉堡和成堆的金色薯条。

在美国，“放纵的食物”往往与“不健康”联系在一起，但在日本却不一定如此。它们并不是超甜或高热量的，而且“不健康”与放纵程度之间的相关性也相对比较弱。当你向一个日本人说起“放纵美食”时，他们想到的可能会是活蹦乱跳的海鲜、亲手种植的水果、高品质的肉类、时令蔬菜和精致的日式点心。

珍稀并不意味着价格昂贵。水果或蔬菜有特定的成熟季节和生长采摘地域，还有当年的产量，这些都是影响其珍稀程度的重要因素。比如北海道是一个以乳制品闻名的地区，那里出产的奶酪被认为是珍馐美味，因为北海道有广袤的绿色牧场，气候凉爽、牧草茂盛，是生产优质牛奶的理想环境。京都的绿茶颇具盛名，也是茶中珍品。因为该地区有着超过 800 年的种植、采摘、炒制、生产和制作绿茶的悠久历史。

有一次，我还收到一盒新鲜鱿鱼作为礼物！这是日本佐贺县著名的美味佳肴，一个名叫呼子町的小镇以能捕到大量新鲜的鱿鱼而闻名。虽然这盒鱿鱼并不是非常昂贵，个头也不值得在网上炫耀，但当地鱿鱼的规模、生长地点、历史以及季节等因素都影响着它的珍稀程度。这些食品的共同之处，也在于对质量的高度重视。

正是这种差异影响了我们对享受美食的理解。当大量不健康的、含糖或高热量的食物成为我们“犒劳自己”的方式时，试图吃得健康就变成了一种被剥夺的选择，所以我们总是在节食，总是需要抑制对食物的享受。这种自我摧残的想法不仅使节食成为酷刑，甚至还会导致羞耻感和压力，使人要么放弃节食，要么索性暴饮暴食。

日本和西方在享受放纵美食方面最显著的区别是食物的分量明显不同。在美国，盘子经常被装得满满的，冰激凌杯几乎容纳不下一份三色冰激凌，汉堡和薯条堆得像小山。从这种角度来看，数量更多就等同于更放纵。

但在日本，放纵的尺度往往也是相对适中的。数量明显不是决定放纵的重要因素，因为它的尺寸比小份大不了多少；相反，我们更注重仪式感。用光滑、精致、高质量的包装纸包着光鲜亮丽的杧果，或者用完美的角度切成一片一片的生鱼片，很好地呈现了新鲜、明艳的颜色。

注重食物的质量而不是分量，鼓励我们不仅要节制饮食，还要在用餐时花费更多的心思。很少有人会在 30 分钟之内吃完米其林星级餐厅里的食物，这是有充分理由的，因为当食物被细致地搭配、精心地摆盘时，我们在心理上就已经准备好要集中注意力慢慢地品尝了。

专注于食物的品质和品尝食物的感觉时，我们就不会强迫自己去数咀嚼的次数，也不用刻意去琢磨食物的味道。我们会很自然地慢下来，因为对食物及其味道有了重新定义，这种感觉与吃了多少没有关系，而是在感受就餐的过程。因此，适度饮食不仅会变得很容易，而且会很自然。

重新定义放纵餐

当我们认为高品质、季节性的食物才是真正值得享受的食物时，健康的饮食就可以与“想吃就吃”的理念一拍即合了。应季且甜美的杧果才是我们该享用的美食，而非冰激凌；精心烹制的海鲜，比塞满肉饼的汉堡更加美味可口。

当然，这并不意味着甜食和油炸食品不在美食之列。日本人也喜欢这些食物，和其他地区的人并没有什么本质上的区别。但是，日本人对这些传统意义上“不健康”的食物有着略微不同的态度，这种不同使得日本饮食文化一方面能做到注重美食，同时又能使人们保持普遍健康的状态。

关于节食减肥，最流行的做法是把健康饮食和纪律、控制联系在了一起，过被严格限制的生活。鸡胸肉要去皮，西蓝花只能蒸着吃，奶油意大利面和有餐后甜点的豪华大餐就是内疚和过度放纵的代名词，而且过度放纵有时甚至会和懒惰联系在一起。但是为什么享受美食就成了懒惰呢？告诉一个人要严格控制饮食，通常会建议他不要吃甜食，可是这些建议通常并不是很有用。

大多数人节食失败并不是因为采取了不科学的节食方法，而是因为“节食”不是一个可以长期坚持的解决方案，导致参与者总想结束它。

但是，如果我们能专注于一种不靠剥夺饮食快乐的方式节食，长期坚持直至成功的可能性就会更高，因为人们喜欢什么，就不会轻易改变什么。

健康饮食和享受美食不应被视为两种相互排斥的生活方式。

健康饮食和享受美食不应该被视为两种相互排斥的生活方式。我们可以这样来安排我们的生活：享受喜欢的食物，不必过度担心卡路里，同时仍然过着我们所能想象的最健康的生活。一旦你能够把享受美食和吃得健康结合起来，就意味着健康的生活不再是一件苦差事了，而更像是一种美妙的生活乐趣。

SHIITAKE AND TOFU MISO SOUP

香菇豆腐味噌汤（2人份）

味噌汤也是值得被记入食谱的菜肴，因为它需要的食材很简单。我建议你可以在家中常备高汤粉和味噌酱，这样就不需要为了买味噌专门跑一趟杂货店了——因为它们是经常会用到的日本调味品，并且可以尝试随意与不同的蔬菜或食物搭配。

配料 Ingredients

- 香菇 4 朵，切片
- 1/4 块软豆腐，切块
- 350 毫升或 1.5 杯水
- 1.5 汤勺红味噌酱
- 1 茶匙高汤粉

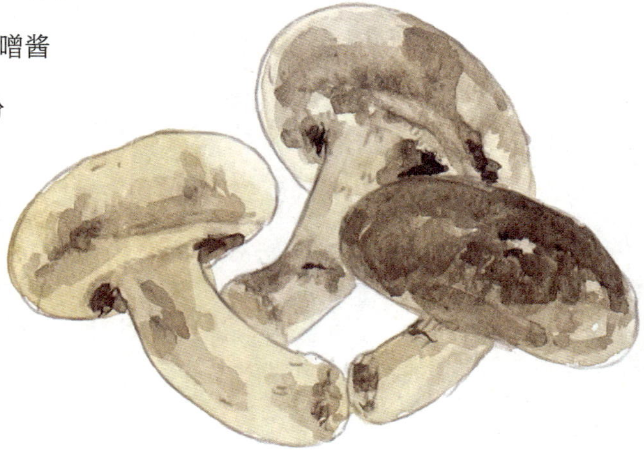

烹饪说明 Instructions

1. 香菇、豆腐、水和高汤中火慢炖，注意不要溢出。
2. 待香菇煮熟后，调为小火并加入味噌酱，搅拌至完全溶解。盛入小碗，尽情享受吧！

附注：如果你不常吃香菇，用干蘑菇代替也是不错的选择。

营养

运动

休息

社交

支柱二

运动

运动的目的到底是什么？我们在聊天时会谈到的运动通常有两种：年轻人有改善外表的需求时，会谈及运动；如果你是老年人，为了预防疾病，别人也会建议你多运动。

这两种视角本身都没有错，但是，用这种方式来思考那些本应该成为我们生活中的财富的东西，确实让人感觉很没有意思。

打开手机上的健康应用软件，或者查看跑步机的屏幕，你可能会认为运动最重要的是燃烧了多少卡路里，以及你在运动中的平均心率。然而，若长此以往，当需要思考锻炼的意义和重要性时，这些数据并不能真实地反映我们的幸福感，仅仅是几个很有局限性的数字而已。

为了穿牛仔裤更好看而消耗卡路里，为了防止心脏病而提高平均心率，这都是很朴素的锻炼目的，但仔细分析，它们都是以“恐惧”和“惩罚”为出发点的，仿佛不经常进行锻炼就会有不良的后果。难怪那么多人对锻炼这件事既爱又恨。

我们不应该把锻炼看成一件苦差事，而应该看成一份礼物，因为即使是怀着最好的目的，许多人也都是通过锻炼才了解到锻炼的重要性。当我们谈论锻炼时，并没有提到：它提高了我们的自信心，增强了心理健康，它是另外一种感受快乐的方式。

相反，大多数西方教育体系中的人会简单地告知我们，应该每周至少做 150 分钟中等强度的有氧运动或 75 分钟剧烈的有氧运动，以降低大多数疾病的发病率。根据疾病预防控制中心提供的建议原则，我们习惯于把锻炼当作一张处方，而不是享受快乐的机会。

想想看，这种看待锻炼的方式不奇怪吗？很多人将锻炼与去健身房、出汗或第二天感到肌肉酸痛联系在了一起，我们开始相信，如果不刻意地“健身”，我们所做的就不算是锻炼，而锻炼也被“不劳无获”这样的说法所影响——那些不以某种方式对我们构成挑战的锻炼，几乎不值得去做。

然而，用这种方式谈论锻炼，让人感到更多的是疲倦，而不是锻炼身体应该有的兴奋。

记得有一次，我跟我指导的健康学员交谈，她告诉我，过去的几天里她没有足够的时间去锻炼，因为她周末去城里购物了。她有些焦虑，担心自己在健康进展方面有所倒退，并发誓下个周末一定要腾出时间来锻炼。在试图消除她的顾虑之前，我让她拿出手机，给我看看她周末走了多少步。那两天，她每天的步数都超过了 15000 步！

拓宽我们对锻炼范围的认知是非常重要的。

那些步数不算运动吗？当然算！每天走路是大家都会做的事，但我们会狭隘地认为锻炼就必须出汗、必须酸痛、必须去健身房、必须穿运动服。我们只会把剧烈的体力活动与有目的的运动联系在一起，却忽略了除此之外的运动也有好处。周末和朋友一起去购物，其实也是一项完全有效的、对你的身体有益处的运动。

拓宽我们对锻炼范围的认知是非常重要的。运动包括“可见”和“可感”两方面，如果不喜欢某种锻炼，我们是无法持续下去的。与其关注什么算运动、什么不算运动，并为此感到压力或过分关注细枝末节，不如调整价值观，参与我们喜欢和需要的运动，而不是仅仅遵循教科书上的规定。通过这个角度，我们可以找到一种愿意并希望终身坚持的锻炼方式，一种让我们过上最充实和有意义的生活的运动方式。

在接下来的内容中，我可能会挑战你对锻炼的认知和感受。我将讨论应该关注的要素，以使锻炼在我们的生活中具有可持续性、自然性和愉悦性。这就是为什么我称之为“活动”，并希望以此唤醒人们的认知——运动是一件自古以来就被提倡的活动，而非必须在日常生活之外需要单独进行的活动。归根结底，值得进行的锻炼就是可能对我们的身心健康有益的、任何形式的运动，其他说法都可以被忽略为噪声。

第六课

在日常生活中嵌入适合你的运动

在美国，我经常被与健身文化有关的图片和广告所淹没。休闲健身的潮流正在兴起，似乎大多数人都是24小时健身中心（Anytime Fitness）、春分健身俱乐部[①]（Equinox Group）或黄金健身房（Gold's Gym）的会员。任何一家豪华酒店或标准的大学校园都配有免费使用的健身房，有时甚至会提供健身服装租借服务。这里不仅是阿罗瑜伽（Alo Yoga）的王国，也是健身体能体系CrossFit[②]的发源地。很多成功的网络博主也都在谈论健身，当我们看到有人在社交媒体上分享他们的锻炼过程，就像分享食物一样，已经不足为奇了。

与此形成对比的是，在日本这个以长寿、肥胖率极低著称的国家里，

① 一家专门面向高薪人士的健身中心。——作者注

② 近年来风靡全球的健身体能体系，希望普通人能在力所能及的前提下，将训练向运动员靠拢，以得到训练效果的最大化。——作者注

你可能会惊讶地发现健身文化氛围并不热烈。休闲健身不是潮流，也没有很多人去健身房；人们很少利用午休时间健身，这样做的人可能会被视为健身狂热者。根据 2018 年埃尔贝线上问卷（Rakuten Insight）对 1000 名 20 至 70 岁日本公民的调查，大约有一半的受访者透露他们很少参加锻炼，每月一次或根本不锻炼。大多数人认为没有足够的时间，或者不太喜欢锻炼，所以他们并不认为锻炼是生活方式的一部分。这是怎么回事呢？

不必刻意锻炼，走起来，身体就会慢慢变好

如果你仔细观察现代运动所代表的意义，就会发现它不仅仅是穿着运动装备去健身房，也不一定是举重或进行 10 千米的跑步。我们所需要的锻炼可能不需要特意腾出时间去做，它可以是已经融入生活中的锻炼方式，比如散步。

上述结果并不是说锻炼对健康不重要，而是在日本人的运动方式中，大多数人并不去健身房举重或进行长跑。相反，大多数日本人正在做的只是走路。日本成年人平均每天走 6500 步，20 岁至 50 岁的日本男性平均每天走近 8000 步；20 岁至 50 岁的女性约为 7000 步。长野县是日本的乡村地区，该县通过在城市中设置 100 多条步行路线，成功地降低了脑卒中的高发病率。20 世纪 80 年代初，该县是日本脑卒中发病率最高

的地区之一，但通过铺设这些步道及鼓励当地人充分利用这些路线，到2014 年，该地区的平均寿命在日本排名第一，女性的平均寿命为 87.2 岁，男性的平均寿命为 80.9 岁。

大多数日本人居住在非常适合步行的城市里，那里的公共交通方便、安全、价格低廉，拥有汽车的家庭并不多。东京首都圈是世界上拥有城市铁路网最广泛的地区之一，据报道每天大约有 4000 万人次乘坐地铁。大多数人上班都是步行，人们会走路去杂货店购物，外出吃饭的时候也是走路前往。每一代日本人每天都要进行这样的活动，就像呼吸一样，走路是他们日常生活的一部分。

我喜欢健身，也不怀疑出一身大汗对我们的身心健康有很多益处，但健身文化会让那些不习惯健身的人感到无所适从，陷入羞愧和内疚的循环中。健身圈子似乎有这样一种偏见：达到并保持健康的体重，只有那些坚持力量训练、抽出足够的时间每天跑步的人才能做到。但事实是，有效的锻炼并不需要高强度的运动、出汗或者是每天额外花费时间。

思考一下你已经在做的事情。以我的习惯为例，喜欢购物的人可以去商场或超市逛逛，而不要只是花时间在网上购物；如果你喜欢外出就餐，可以选择去公园或进行短途徒步旅行，然后安排一顿户外野餐，而不是开车去餐厅吃午饭；如果你喜欢刺激和游戏，就去游乐园和朋友们一起游玩。一天结束后，你会发现自己在不知不觉的情况下已经走了相当长的距离。

你还可以对日常生活进行微调，比如选择在有更多空闲时间的日子去杂货店购物，而不是选择食品送货上门。如果你所在的城市有便利的公共交通，你可以选择乘车或骑自行车上班，而不是开车，尤其是天气比较好的日子。你不需要每天都这样做，也不需要每次都乘车或骑车，但通过刻意将运动融入我们本来就会做的日常活动中，我们可以让锻炼感觉起来不再像是一件麻烦的事，而更像是我们日常生活中自然的一部分。

真向法体操：每天 3 分钟，摆脱疲劳，延缓衰老

对我们的身体健康有益的运动有时是相当微妙的。我记得我的祖父 80 多岁的时候，仍然保持着良好的运动机能。他可以自己走楼梯到 4 楼的公寓，每次散步都能走几千米，吃饭的时候总是坐得笔直。他没有任何背部、膝盖或髋关节的问题，他的体态甚至比我的都好。当我跟他谈到他的运动机能时，他笑了，骄傲地点点头说：“这是因为我练习真向法体操。”

“真向法体操”是由一位名叫永井渡的日本男子发明的拉伸练习操。永井渡曾经因为脑卒中而全身瘫痪，他的医生说他很可能无法恢复行动能力，但他决定通过基于佛教姿势的伸展运动进行康复（他的父亲是一名僧人），并称之为真向法体操，意思是“面对事物的根本进行的体操”。最终他成功了。

永井渡将他自己的经历写成一本书，这项运动也很快在日本老年人和那些对健美操和抗衰老感兴趣的人群中流行起来。这是一套非常基本的拉伸练习——只有 4 个拉伸动作！但它确实有助于保持你的身体健康和年轻状态。

真向法体操作为一种拉伸练习，可以起到强健、平衡骨骼与肌肉群之间协同运作的作用，并提高人体的生理机能。它基于经络系统的相关理论，由浪越德治郎在日本推广开来，他率先将中国气功与日本医学和

武术相结合，治疗他母亲的类风湿性关节炎。他认为，身体是通过一个被称为“经络”的网络连接起来的，通过在关节附近的特定区域施加压力，刺激身体的肾上腺自然地释放更多的皮质醇，可以帮助身体自愈。他的指压疗法后来在世界范围内得到了广泛的关注，后来也激发出许多其他类型的实践活动。

真向法体操的奇妙之处在于，即使你不是理疗师，不太了解这种练习的科学原理以及它对身体有什么好处，可一旦你参与练习，改善会非常明显，坚持练习一段时间后，你的身体就会产生很大的变化。

如果你希望自己能坚持得久一些，就尝试为过程增加一些意义和快乐。

我发现，当自己每天早晚都花 3 分钟时间做伸展运动后，这种好习惯逐渐影响到了我生活的其他方面。

白天，我觉得精力更加充沛了，会很愿意出去散散步。我也觉得自己越来越灵活了，不断进步会激励我进一步挑战自己，愿意花更长的时间做更深层次的拉伸练习。如果时间允许，我的练习时间经常会超过 3 分钟，这完全是因为感觉真的很好。练习以外的时间，我总是能感受到轻松、舒适，这也坚定了我继续下去的信心。

我一直认为运动有益健康，但我所说的运动意味着不得不大量出汗，直到筋疲力尽。现在我才意识到，原来运动可以很简单，只需要 3 分钟的时间，坚持起来也比想象中的更容易、更长久。它使我明白，活动身体并不完全是为了获得更多的肌肉或耐力，而是为了提升生活质量。

对我来说，真向法体操就体现了这样的理念：不需要做任何复杂、长时间的拉伸和运动，也不需要强迫自己刻意去上拉伸课，一切都在于坚持！如果通过简短而简单的练习，就足以让你的身体在未来的几年里保持活力、强壮和年轻，为什么不坚持呢？

如何练习真向法体操？

每次练习这套伸展运动 3 分钟，每日两次：早上一次，晚上一次。

请注意，如果你在床上或你已经坐了很长时间，请先做几个深蹲和仰卧起坐热身，使伸展更舒服。

1. 保持以下 3 个伸展动作，每一个动作坚持 40 秒。

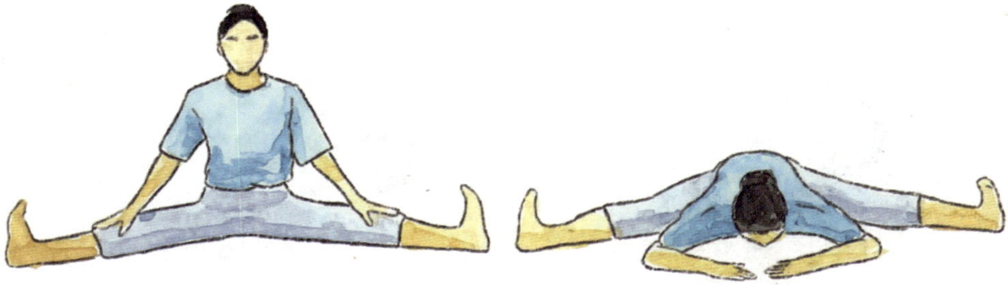

2. 保持下一个和最后一个伸展运动各一分钟。这是最困难的两个动作，如果你觉得很不舒服，请不要给自己太多压力！继续做深蹲和前面 3 个伸展动作，直到你感觉舒适为止。

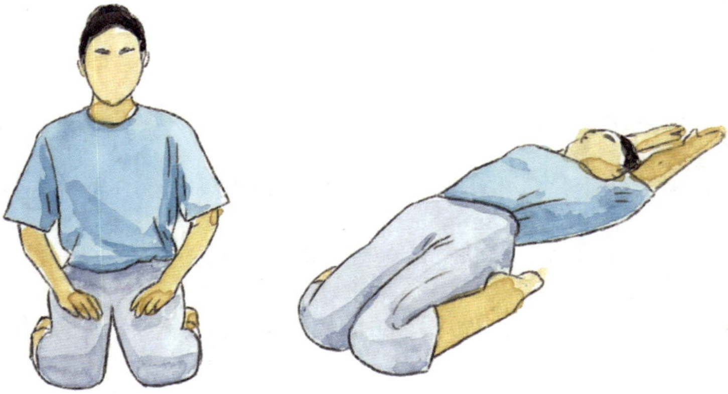

伸展运动的作用是日本全国公认的，即使每天只要几分钟。它不仅能有效活动我们的身体，而且能让大家聚在一起。如果你有机会去东京，我建议你参观一下这座城市保存得最好的一个“古怪而神秘”的地方——早上 6：30，你在上野公园会发现数百人聚集在一个叫作“广播体操广场”的地方做广播体操，就是做一些非常简单的动作，比如伸展身体。

广播体操是一种经典的伸展运动，早在收音机流行的时候就发展起来了。每天早上，日本国家新闻网都会播放只有 3 分钟的广播操节目。这是一套简单的锻炼程序，旨在让肌肉活动起来，让血液流动起来，让你能够精神焕发地开始新一天的工作。这些运动是专为儿童和老年人设计的，适合任何水平的人进行练习。广播体操后来渐渐成为学校、工作场所和政府机关每天的常规活动，如果你在日本长大，你肯定对它非常熟悉。它不仅是一首旋律，也是国民精神的延伸。

广播体操如今已经有点过时了，但全民健身的风尚却流传了下来。这种伸展运动仍然被学校的体育活动和社区服务志愿者使用，上野公园的广播体操社区活动每天早上都会吸引 300 多人来参加，其中不仅有资深参与者，还有很多新来的人，参与时间最长的人据说已经坚持了 40 多年。

这种看似简单的锻炼有什么益处呢？如果数百人每天都坚持这种锻炼方式，而且坚持了这么多年，其中肯定有一些有价值的东西。

总体而言，伸展对我们的健康和长寿非常有益，因为它能使我们的肌肉保持灵活，还有助于保护关节的灵活性。如果不经常伸展，肌肉会变得更紧绷、更僵硬，这会导致我们在试图使用这些肌肉时更容易受伤和疼痛，因为它们无法完全拉开。

将运动变成习惯，而不是任务，是保持身体健康最简单的方法。

拿一根橡皮筋来举例说明：每天花几分钟轻轻地拉伸它，我们就可以轻松地把它拉长；如果长期放置这根橡皮筋不用，它会变得非常硬，这时再试图拉伸它，它的弹性就不会那么好，甚至可能会在用力过猛时断裂。我们肌肉的工作方式也是类似的，需要不断地舒展和拉伸它们，以确保我们可以自如地使用四肢和躯体，降低受伤的风险。

在现代生活中，许多人大部分时间久坐，这个姿势很容易造成腿部筋络变紧，使膝盖难以正确地伸展，也让跑步或步行变得更加困难。久坐还会导致髋关节屈肌[①]紧张，并给背部肌肉造成很大的压力。如果我们突然搬运重物或爬陡坡，就要伸展这些部位的肌肉，而久不使用且僵硬的肌肉很可能会造成背部或腿部肌肉损伤，并让身体疼痛好几天。这类伤害对老年人来说尤其令人担忧，因为从楼梯上摔下来或被绊倒可能是致命的。

如果我们能确保经常做拉伸来缓解肌肉紧张，并保持身体的灵活和自由，就不必担心久坐。记住，你可能拥有最完美的坐姿，但是没有一个姿势是人类可以保持几个小时的，所以，更重要的是经常走动和伸展。

真向法体操对日本文化产生如此大的影响是有原因的。它的作用非常

① 髋关节屈肌是一组位于髋关节前侧的肌肉，主要负责屈曲髋关节。——作者注

微妙，我不会去争论它能够燃烧多少卡路里、对快速增强肌肉有多大帮助，它最大的优势在于容易，这使它能够成为人们的日常习惯。

就像刷牙或梳头不需要思考一样，因为它们已经融入了我们的日常生活。虽然做一套广播体操只需要几分钟，但如果每天早上能坚持做，就会对我们的健康产生显著的影响。

这就是为什么说坚持比任何一种锻炼计划或训练方案都重要。将其变成一种习惯，而不是一项任务，是保持身体健康最简单的方法。它不需要你每天花费一个小时，但如果你每天能抽出几分钟时间来活动和伸展一下身体，这些小习惯就会产生大影响。

在美国，有一种流行观念是“要么全力以赴，要么放弃回家”，认为任何值得做的事情都应该付诸全力。虽然我也认同全身心投入的价值，但这种心态可能会让坚持和改变的前景变得很困难。每一步都很重要，所以我们不应该忽视缓慢和小步前进的价值。锻炼不是一种要么做、要么放弃的游戏，它是我们余生都要坚持的事情，那为什么不花时间来做呢？

就像健康饮食不一定只吃沙拉一样，健康的锻炼也不只是在健身房运动并出汗——并不是所有人都能抽出几个小时去健身房锻炼，也不是所有人都想要如此。也许对你来说，更简单的方式才是正确的方式。

CLASSIC TUNA-MAYO PICNIC ONIGIRI

经典金枪鱼蛋黄酱野餐饭团（2人份）

饭团适合徒步旅行和野餐时食用。它易于携带，便于分享，是我最喜欢做的食物之一。它方便易学，有很多种不同的口味，还可以充分利用家里的剩菜。在这个菜谱中，我分享了我最爱的口味，你也可以根据自己的喜好随意选用任何馅料！

配料 Ingredients

- 室温米饭 300 克
- 1 张干紫菜（约 18 厘米 ×20 厘米）
- 罐装咸金枪鱼 70 克
- 蛋黄酱适量

烹饪说明 Instructions

1. 将金枪鱼罐头和蛋黄酱倒入玻璃碗中充分搅拌均匀。确保去除金枪鱼罐头中多余的水分。
2. 将 1/4 的米饭薄薄地摊开在一张保鲜膜上。在米饭中间放入 1/4 的金枪鱼、蛋黄酱混合物。
3. 用保鲜膜包裹着米饭，细致地制作成圆润的三角形（也可以不用保鲜膜，直接用潮湿的手为饭团塑形）。
4. 包裹一片紫菜，即可享用。

第七课

追随快乐，
让锻炼不再是苦差事

在现代社会，大部分的健身锻炼都是有目标的。达到一定的体重，或者想要完成“从沙发到 5 千米”的运动计划，这些制定个人运动目标的做法很常见。一旦抱着以目标为导向的运动心态，你就会越来越关注运动方案是否合理，而不是自己的身体感觉。应该参加什么运动来达到某个目标？什么是最有效的减肥运动？该如何练出腹肌？每天应该做些什么才能跑完 5 千米？要不要尝试半程马拉松？我们挑战 30 天的训练目标和每天的锻炼计划，承诺不达目的不罢休，把锻炼结果放在首位，却忽略了锻炼的过程。

我相信目标设定是一个有效且重要的自我激励方式，可以让人对健康负责，但令人担忧的是，虽然制定指导方针和灌输常规的健康理念对于养成健康习惯来说是必要的，但有时我们太专注于目标，反而忽略了

更重要的内容。对于一些人来说，找到一种喜欢的锻炼方式并给生活带来满足感变得不再重要了。但是，我们怎么能指望自己可以一辈子坚持做不喜欢的事情呢？

放弃死磕目标，找到让你感到快乐的运动方式

我好几次听到有人说，希望能够参加 5 千米跑步比赛，但没练几次又说他们讨厌跑步，这让我很惊讶。这种现象真实地反映了我们对锻炼的看法，那就是：目标永远比过程更重要。我们应该去参加某项运动，即使并不特别喜欢这项运动，就像要从事一份讨厌的工作，并指望以此致富一样。人们似乎忘记了这个世界上还有很多其他的选择，可以找一份自己喜欢的、符合价值观的工作，一样可以帮助我们赚到足够的钱来实现梦想的生活。锻炼很重要，但我们完全可以找到一种喜欢并且符合价值观的运动，不仅能够让身体健康、强壮，而且能让我们终身受益。

不喜欢的运动是很难坚持的。如果我们在某个特定时刻意识到自己需要做些什么，并以积极的态度去对待它，那么保持这种锻炼方式并养成习惯的前景就会很乐观，一切就会自然而然地发生。

我理解为什么许多人很难用快乐的眼光来看待运动，因为他们觉得自己必须在运动中表现出色，或者在参加感兴趣的体育运动时必须“足够优秀”。记得在美国生活时，我第一次向父母描述了学校体育队的选拔过程，并告诉他们我不想参加，因为我知道自己不如其他孩子做得那么好，无论如何都不可能入选。他们目瞪口呆地看着我——那时我只有13岁，就已经把自己排除在一项体育活动之外了。对他们来说，一个孩子因为技能水平不好而被体育队淘汰，似乎是不可能的。

不喜欢的运动是很难坚持的。

当时，我会产生这样的想法很正常。在美国，我被告知运动很重要，但又会因为技能、经验等原因而被禁止参与。难道我们不能因为运动对健康有好处而加入一个运动队吗？

从小我们就被告知，必须擅长某个领域才能参与其中，但如果我们以前没有参与过某项运动，怎么会知道自己擅长什么呢？在这样的环境中长大，许多人都会不由自主地对新的运动抱有恐惧和担忧的心态，而

不是好奇和兴奋之情。这说明我们在运动中，重视的只是技能，而不是为了快乐。

我的父母从小在日本上学，即使是上到高中，他们的体育活动从来没有淘汰制。无论他们的技术水平如何，每个人都能参与运动，并有机会学习，不断取得进步。并不是说这是一个“每个人都能得到奖杯”的世界——只有技术最好、最专注的选手才能参加真正的比赛或在场上找到位置，但每个人都应该被允许参加训练。你可以跟他人一起进行实战演练，并融入这个群体，在那里你可能不是技术最佳的选手，但也能玩得开心。

“运动适合每个人”这句话在日本的学校得到了充分证明：不管你是谁，你生来就是要运动的。如果你不擅长，也可以通过学习和练习变得更好。

在日本上学时，我最喜欢的就是运动会。整个学校会分成两个队，每个人都要参加比赛并互相竞争。有些是比较正规的比赛（比如田径），其他的比赛则更像是单纯的娱乐，比如站在土豆袋里赛跑。家长可能会来观看孩子比赛，并为他们加油。无论你是不是运动员，让所有的学生得到乐趣、让大家更团结才是运动会的目的。

小时候我很胖，所以第一次参加运动会时很害怕。我跑得不快，也不强壮，我断定同学肯定不欢迎我参加，因为在运动能力方面，我没办法给大家提供任何帮助。既然我不能帮球队获胜，那为什么还要努力呢？但是，当我看到比赛的项目是把沙包扔进篮子里、摇呼啦圈、滚大得离谱的橡胶球时，是否擅长运动就变得不那么重要了。老师和同学在整个比赛过程中一直为我加油，而这一切都是那么的好玩——我又跑又跳，又爬又追，一天的比赛结束后，我已经被太阳烤得筋疲力尽了，在回家的车上我几乎睡着了。每次运动会结束后，我都会发现，即使是不爱运动，我也可以玩得很开心！

我们锻炼身体，就是为了乐在其中。

运动会是日本教育体系重要的组成部分，而且学生时代的运动会并没有因为成年而结束。体育日是全国性的公共假期，用来庆祝并传递体育运动的真正意义：以一种有趣的方式来活动身体，并让每个人都成为社区的一部分。锻炼不应该只是“去做”的事情，而应该是值得庆祝的事情。锻炼身体，就应该乐在其中。

跟随直觉：你喜欢的，就是最适合的

有一个来自中国的词语叫“自由奔放”，它强调了以不受规则和习俗约束的方式生活的重要性，一种由自己的需求和欲望所决定的生活方式。它强调了按照你的愿望，而不是按照社会所规定的方式做事的价值。自由奔放的生活就是按照你的直觉去生活——而我们获得这种生活最强大的工具，就是直觉形式上的“喜乐”！

我们常常把喜乐与快乐、休闲和娱乐联系在一起。喜乐在很大程度上是可以选择的，它不属于我们应该或需要做的事情；它是一种强大的直觉形式，它可以告诉我们什么是对人有好处的。运动在感觉上不应该是一件苦差事，它可以是我们享受和期待的事情。跟随着喜乐的直觉，我们可以做出对幸福最有利的选择。

没有哪种运动是对我们的身体最有益的，即使有，它也需要基于安全的前提之下。适合青少年的运动与我们 80 多岁时所做的运动怎么可能是同一种？同样的道理，随着年龄的增长，再好的锻炼方式也会发生变化，甚至每个月、每一天都会有所不同。2000 年发表的一项研究表明，当参与者被要求持续锻炼 8 周时，多样性的内容能有效提升定期锻炼的可持续性。这一发现也得到了 2020 年发表的另一项研究的支持，该研究发现，即使是高度活跃的成年人也会倾向于改变他们的定期锻炼方式。这有助于减少无聊、保持乐趣，使坚持感觉起来不再是一件苦差事，而更像是他们想继续做下去的事情。

你也许不必阅读正式的研究报告就能相信运动多样化的好处。看看对全球百岁老人的采访，看看他们都做些什么运动，你就会发现——根本找不到标准答案。冲绳的百岁老人以积极的生活方式而闻名，但他们把健康归功于经常做大量不同的事情：有些人经常打太极拳或练瑜伽；有些人把长寿归功于园艺爱好；还有一些人则认为这要归功于他们坐在地板上的方式，以及这种坐姿是如何帮助他们增强力量和灵活性的。几乎没有哪种锻炼方式是被所有人提及的。那么，究竟什么是最适合我们的运动方式呢？答案是：你喜欢的，就是最适合的。

为了健康，我们可以适当进行高强度锻炼，通过出汗来释放压力，并感受自己的努力和疲惫。全身心地沉浸在体育活动中，可以重新振

奋精神、恢复活力。但有时，为了健康，恰当的做法并不是进行高强度锻炼，而是选择一些更慢、更放松身体肌肉的活动，比如慢走或拉伸。与其寻找一种“包治百病”的解决方案，不如告诉自己：我们的锻炼需求是不断变化的。持续而有益的锻炼，关键在于能够根据自己的直觉和喜好，在不同的情况下选择最适合的方式。

锻炼只是要让我们的身体运动起来，我们应该将其视为一件快乐和有趣的事情。

我知道，通过信任自己的直觉来判断身体的需求可能会很困难，特别是对于新手来说，经常会不知道自己是否做得对，或者是否做得足够。因此，我们喜欢通过制定数值、协议和规则来进行监督和指导。我相信这些都是很好、很有力的工具，不应该被忽视，但当我们忽视了人性，将自己当作可以编程的计算机时，锻炼就会逐渐变成一项繁重、乏味的任务，最终使人筋疲力尽，直至放弃。然而，当锻炼以正确的精神状态进行时，它会让我们感到自己正在变得更强壮、更自信和更有活力。

要关注你的喜乐。有些日子你可能想出汗并希望感受筋疲力尽的感觉，而其他日子可能不想这样做。有些日子你可能想独自安静地锻炼，而其他日子你可能更喜欢与他人在一起。

锻炼不需要成为例行公事，运动最终应该是你在任何时候都想做的事情。我们不需要特别擅长某项运动，也不用为了达到某种程度而进行锻炼。实质上，锻炼只是要让我们的身体运动起来，所以我们应该首先将其视为一件快乐和有趣的事情。

锻炼可以成为一种社交工具或建立友谊的途径，也可以成为正念和释放日间困扰思绪的方式。它可以是你专注于音乐并释放压力的时间，或走出室内与大自然连接的时刻。它可以是有趣的，可以是精神上的，可以是平静的，也可以是充满活力的。没有必要被恐惧感或内疚感所驱使，因为我们可以找到很多快乐的锻炼目标。一旦找到了与我们产生共鸣的目标，锻炼就再也不会是一件苦差事了。

BENTO BOX TAMAGOYAKI (JAPANESE ROLLED OMELET)

玉子烧便当（日本煎蛋卷）（2人份）

没有便当的运动会还算什么运动会？没有玉子烧做配菜的便当，也是不完美的便当！它细腻柔嫩，无论是趁热吃、常温吃还是冷藏后品尝，都会有一种若有若无的甜味。当我们在外面奔波了一天，没有什么味道能比这更好啦！

配料 Ingredients

- 3个鸡蛋
- 1茶匙糖
- 1茶匙高汤粉
- 1茶匙调和油

烹饪说明 Instructions

1. 将生鸡蛋打入碗中后充分打散，不要搅打起泡。
2. 慢慢加入糖和高汤粉。
3. 将煎锅加热至七成热后倒少许油，并用厨房专用纸将油在锅底涂抹均匀。
4. 调小火，倒入 1/3 的鸡蛋混合物，均匀铺满锅底。
5. 当蛋液在底部凝固后，小心地将左右两边的蛋饼折叠到中间，做成一个长方形的蛋卷。
6. 将长方形的一端折叠成 5 厘米宽的蛋卷，然后朝另一端继续卷。这时它看起来就像卷起来的绉纱。
7. 将蛋卷推向平底锅远离你的一端，然后再倒入 1/3 的鸡蛋混合液，将锅边的鸡蛋卷放在蛋液上。
8. 再次将两边的蛋饼折叠到中间并滚动，做成更大的长方形蛋卷。
9. 用剩余的鸡蛋液重复该过程。

第八课

只需改变环境，锻炼效果就能大幅提升

想象一下，如果你工作、吃饭、娱乐、锻炼和睡觉都在一个 9 平方米的卧室里，被困在这个房间里两周，会是什么感觉？即使没能让你发疯，肯定也足以让你感觉无聊透顶了。

这就是我 2020 年春天的经历。

我那时并没有被持续蔓延的新型冠状病毒所感染，但在乘坐了从纽约飞往东京的航班后，我被要求在家自我隔离 14 天，不能离开公寓，不能呼吸新鲜空气。整整两个星期，我的生活完全被限制在公寓里，大部分时间都只能待在我的小卧室里。

我首先想到的是，要想办法确保能在家做运动。我认为在家坚持两周不会有什么困难，因为我带着瑜伽垫，在家跟着网上的视频做运动会很舒服。虽然不能去跑步，也去不了健身房，但是能够在家里做伸展和力量训练，感觉应该是足够了。为了周围人的安全，我愿意接受隔离，为此我尽了自己最大的努力。但是，我不得不说，这绝对不是什么鼓舞人心的经历。

虽然多项研究已经证明运动可以帮助缓解压力，但当你的床、书桌和墙壁离你的瑜伽垫只有不足 10 厘米的距离时，运动的解压作用也会大打折扣。我在东京的房间比美国的房间小得多，虽然从客观条件来看，我有足够的空间进行锻炼，但这不是一个享受运动的有效环境。

在家锻炼确实可能更方便和舒适，也可以像去健身房一样有效，但这并不一定意味着家庭居室是运动身体的理想环境。锻炼时我们所处的环境和周围的事物是很重要的，应当有专注的心态和有利于锻炼的空间，而不是容易被周围的环境分散注意力，或在有压力的氛围中锻炼。换句话说，带给我们快乐的不仅是运动本身，还有我们所处的运动环境。

值得庆幸的是，有科学依据表明：最有效的空间，也是最有利于改善情绪、提升动力，并且最容易接近的空间就是——户外。

来一场森林浴吧，让身体和植物一起苏醒

如果你曾去山间徒步旅行，或在树木繁茂的公园里悠闲漫步，你就能体会到那种幸福感与平和感得到提升的状态。参天大树能带给你舒缓的感觉，鸟儿的鸣叫会令人感到振奋。那一刻，你可能很难描述自己的

经历，但这种现象正是日本非常有名，并且广受支持的：森林浴。

长时间的工作压力和城市的嘈杂混乱，让人们特别渴望安静，向往大自然。我们想仰望苍穹，还想感受青草的芬芳，聆听潺潺的流水，呼吸清新的空气，因为这些大自然的元素能使人平和。只是安静地待在那里，就能感受到自己正在被治愈。森林浴就是这样一种沉浸在大自然中的做法，在日本被认为是一种有明显临床效果的医疗保健方式。这个说法是在 1982 年由日本农林渔业部提出来的，现在已经成为一种可以由医生出具处方的治疗方法。

李庆博士是东京日本医学院的教授，他被认为是世界上颇具权威的森林医学专家。根据他的研究，只要处在大自然中超过两个小时，就能降低血压数值、降低血糖水平、提高记忆力、增强免疫力。森林浴还能使人体内的压力激素——皮质醇下降，平均睡眠时间增加 15%。

给我们快乐的不仅是运动本身，还有我们所处的运动环境。

李博士断言，享受森林浴最好的方法是动用五种感官，去关注周围的事物，而这些事物往往是最容易被我们忽略的。他认为，我们应该留意那些被忽视的细节——比如认真细致地触摸树皮，品味刚割下来的青草的气息，或者倾听微风中树叶的沙沙声……这样可以从内到外治愈身心。当阳光透过树冠时，仔细观察树叶呈现出的不同深浅的绿色，花一点时间闻一闻泥土的芳香，都足以给我们的健康带来可衡量的变化。虽然看似简单，但这种方法已在研究中被证明可以提高人体的免疫力，降低死亡率和患病率，增强自信心，帮助病人应对更大的压力、焦虑或悲伤。

2019 年进行的另一项研究发现，那些每周至少花两个小时在大自然中徜徉的人，他们的身心健康水平都得到了提升。有趣的是，无论你是周末在自然环境中长时间逗留，还是每天利用零星时间去树林中散步，二者并没有什么显著差别。

“没有什么药能比得上亲近自然”

长期生活在“蓝色地带”的人们往往拥有非常高的健康水平。因为他们的生活方式接近自然，而且丰富多彩，所以长寿并不会令人感到惊讶。冲绳县大木见村的人们就是典型的蓝色地带居民，他们热爱园艺，享受在阳光下的劳作，这些因素已经被证明有助于心脏健康、骨骼强壮和对生活保持积极的态度。更有趣的是，那里长寿的人很多，在该村的入口处有一块石头，上面写着：“80 岁，在这里你只是个年轻人。90 岁，如果你的先祖邀请你进入天堂，请他们等到你 100 岁时再说吧！”

人类将永远惊叹于新鲜空气带来的快乐，惊叹于观看植物生长的美妙，惊叹于流水所蕴含的力量。

就像健康饮食和锻炼身体一样，无论我们所处的文化、世代或生活的年代有什么不同，花时间去亲近大自然对生活质量的提高都有显著的作用。在户外，我们能更清晰地思考，找到平静，净化灵魂——这是一种不可思议的力量。

尽管我们越来越多地待在室内，生活中很多事也可以通过数字手段进行处理，但当身处大自然，感受空气的清新，观赏植物生长的美妙以及流水蕴含的力量时，人类总会惊叹不已。我们愿意回到大自然中，因

为它的治愈之力，哪怕只是在公园里散散步或者推开一扇窗户看看自家的小院，都能创造奇迹。没有什么药能比得上亲近自然。

当然，这并不意味着在室内做运动总是质量较低或效果一般。无论是去健身房还是在家锻炼，或者寻找其他方式在室内锻炼，都会有益于我们的健康。所以说，当你关心自己的健康时，一定要记得锻炼，但也不要忘记留意周围的环境。找到自己喜欢的运动并动起来，这很重要！当然，在哪里运动和什么时候运动同样很重要。

JAPANESE SHISO PESTO

日式紫苏香蒜酱（制作一小罐，约 240 毫升）

新鲜的香料不仅可以为饮食增添一些必需的维生素和矿物质，还能给我们一个走出家门，开辟一个小花园来种植这些香料的理由。有一种在日本特别受欢迎的植物——紫苏，在许多家庭和学校花园里都有种植。它生长快，适应性强，非常易于养护。它有独特而刺激的气味，为许多菜肴增添了美妙的风味。用紫苏制成的日式香蒜酱是我最喜欢的酱料之一！

配料 Ingredients

- 紫苏叶 80 克（约 100 片）
- 松仁 60 克
- 1 瓣大蒜
- 特级初榨橄榄油 120 毫升
- 1 茶匙盐
- 帕玛森芝士（可根据个人口味选用）

烹饪说明 Instructions

1. 紫苏叶洗净沥干，备用。

2. 在煎锅中煸炒松仁至闻到香味后关火放凉。

3. 将所有原料放入食品加工机或搅拌机中，搅拌至细腻、均匀。

4. 搭配意大利面、面包、奶酪或西红柿一起食用。

第九课
让运动赋予你力量

选择适合自己的运动方式，选择喜欢的运动，选择在哪里运动，这些因素都对坚持锻炼有很大的影响。但是，比采取某种生活方式或坚持锻炼更重要的决定因素，是我们的动机。

你为什么要运动？

重新审视一下我们的动机吧。非常普遍的现象是，当人们开始对生活中的某些事情不满意时，才会有开始锻炼的想法。也许是不太满意自己的形象，或者是医生指出他们运动不足，不利于健康等。一个人想要通过努力来改善自己的生活状态是值得赞扬和钦佩的，但这个过程在开始时并不会很容易。

许多人开始锻炼时会感觉非常沮丧，那种感觉通常会打击自信，而不是令他们充满信心。

我第一次健身是为了减肥，但后来我逐渐意识到：我的体重并没有想象的那么重要。仅仅因为关注外表而去锻炼，很可能会对健康产生反作用——它会让人感到压力。减肥可以改善一个人的身体和心理健康，这也是那么多健康和健身广告都在强调这一点的原因，我承认这才是我后来减肥的有效动力。与其过度关注锻炼，不如关注为什么锻炼，以及锻炼对我们有哪些好处。其实，内心的健康远比体格的健硕更难塑造！

许多人都明白过度关注身体会对幸福感产生不良影响。人们一边对外表表示担忧，一边又想要寻求与身体和解，这种矛盾心理正在被社会化地放大，因为对身体的过度关注似乎无处不在，让人无法摆脱。关于身体的广告、电视和电影每天对人们进行信息轰炸，外貌被放在了信息传递的前沿，这些内容不断冲击着我们，逐渐将我们淹没。尽管也有许多人在尽力屏蔽和举报各种广告，或者只关注不那么令人不安的内容，但这一切总会令人精疲力竭。直到有一天，我在以往并不太喜欢的一种服饰中找到了一丝解脱，那就是和服。

传统女装和服的穿着目的，是让身体看起来像树干一样没有曲线。为什么会这样呢？因为穿和服并不是为了展示身体的曲线，而是为了展示面料和图案。人们希望它看起来鲜艳、清晰、整洁。

当你穿着和服时，你不必再担心怎样能让你的腿看起来更长，腰更纤细，或者手臂更匀称。你唯一需要关心的问题是：我该如何将面料的颜色与季节相搭配？什么颜色的袋子能与这身和服相配？什么颜色或款式的发饰更能衬托图案中的色彩？

从西方的传统观点来看，服装通常被视为是一种修饰身形、向他人展示身材的方式。因为在西方的历史上，女性曾穿束身衣束缚自己，男性穿高跟鞋显示身高。但日本的和服向我们展示了一个不同的视角，在这种视角中，身体的形状在装扮自己的艺术中并不重要。相反，你需要关注的只是简单地去体会自己穿着和服的感受即可。

我认为使身体舒适才是运动的真正目的，希望有更多的人能够接受并喜爱自己的肌肤。但是对身体的关注很可能会产生一些压力，迫使你以让自己不快乐的方式来照顾身体，比如过度锻炼、放弃喜欢的食物、拍照时过度修图……而且矛盾的是，有时候努力去爱自己的身体，反而会让你对它产生怨恨。如果能够采取一种不必过度关注身体和外貌的视角，我们就能对自己拥有的身体和样貌感到满足，并专注于生活的经历而非结果。

关注过程而不是结果。

不要带着羞耻感或者因为惭愧而去锻炼，试着调整一下看待自己的角度。我们并没有缺陷，也没有任何问题。我们所希望的只是用一种让人感到强大、自信的生活方式来赋予自己力量，过上有意义和充实的生活。

我希望大家能够认识到，虽然照顾好身体很重要，但这并不是总能让人感到兴奋的事情。尽管我一直强调要把快乐放在首位，但也应该预料到其间一定会有疲倦、乏味，甚至会有感到单调的时刻。是的，花时间照顾好自己的身体有时候就像是在做维护工作。它是任何情况下都不能回避的事情，以正确的而非被动的、消极的心态看待它，它就可以成为我们所参与的最愉快的工作。

与其拖着脚步艰难前行，不如享受运动的过程

在日本，走进任何一家普通的商店，都会有员工礼貌地鞠躬迎接你，并在意识到你需要帮助时迅速支援。他们穿着整洁的制服，仪容仪表也经过认真打理。商店里的货架摆放有序，产品排列整齐，地板擦拭干净，窗户一尘不染。当你离开商店时，员工会对你表示感谢，直到你走出相当远的距离，他们仍然会微笑着鞠躬。

“把你最好的一只脚放在前面”就是日语中“加油”的意思。无论你是大公司的首席执行官（CEO），还是职业运动员，或者仅仅是参与学校团体项目的成员，那些能展现出“加油”状态的人不仅会备受尊重，而且比那些对任务持悲观态度的人更能享受工作。

加油，不仅是身体上的努力，也是精神层面的努力。它不需要花费更长的时间去工作，从而让身体过度劳累，也不是要将自己推向心理极限，最终导致身心崩溃。精疲力竭并不值得称赞，也不应该被追求。加油真正的含义是尽力而为的

精神。大多数人将其理解为一种积极的态度，一种乐观的心态。把最好的那只脚放在前面，就能将艰巨的事情转化为更有吸引力的事情，而不是拖着脚步艰难度日。

因此，与其将运动视为必须积累时间或里程的任务，不如以积极乐观的态度对待它。如何才能让这一切变得更有趣呢？有什么能带来乐趣的方式吗？该如何鼓舞身边的人或周围的群体呢？也许，我们可以尝试彻底改变对运动的理解和看法。运动并不一定要追求特定的健康目标，也可以只是在运动的过程中享受乐趣。

与其被羞愧或挫败所驱使，不如用赋予自己力量的态度来面对运动。不要将注意力集中在尚未完成或尚未取得成绩的事情上，而是将重心放

在享受过程上，并以开放的态度去迎接它。通过尝试，发现自己喜欢或不喜欢的事物，找到与自己的价值观和生活方式最契合的方式。运动并不是为了改变我们不喜欢的方面，而是为了让生活更加充实、更有力量、更有意义。不需要到达终点才能有这种感受，而是可以从一开始就拥有这种感觉。

支柱三

休息

如果你是在竞争激烈的环境中长大的，那么你就不得不跟自己的休息时间讨价还价。无论是出于主观原因还是客观原因，我们中的许多人都会为了备考不得不放弃睡眠，或者认为工作到深夜、放弃晚饭、不能按时下班是值得赞扬的行为，有时候我们甚至还会莫名其妙地比赛“昨晚看谁睡得最少”。我们佩服那些比我们更忙碌的人，许多人甚至将忙碌看作成功的代名词，而这一切都是以牺牲休息为代价的。但是，缺乏休息对我们的健康究竟意味着什么呢？

重视休息对生活至关重要，如果你忽视它，在其他健康方面的努力再多也只是事半功倍，甚至有可能适得其反。想象一下，在彻夜未眠后进行锻炼的效果能有多好？锻炼本身会让人筋疲力尽，而在没有得到充分休息的情况下锻炼，好处微不足道。

此外，在这种状态下锻炼，会给身体增加不必要的压力，肌肉无法得到修复，增加了受伤的风险。睡眠不足还会影响你的饮食状态，并可能引发焦虑和抑郁。没有充足的睡眠，一切都会突然变得更加困难。

我还想补充一点，鼓励人们保证充足的休息，并不像简单地告诉他们“晚上早点睡”或建议他们中午在办公室里小睡一会儿那么简单。休息还包括一些非常重要的心理组成部分，那就是心灵层面的休息：能够远离担忧、屏蔽侵入性思绪或情绪的困扰。当我们与心理健康问题斗争时，不仅入睡很困难，在身体疲惫的情况下保持睡眠状态也变得很困难。有时候，即使我们的身体已经疲惫不堪了，但却还是思绪万千难以入睡，这就是失眠。全球 10% 到 30% 的人都在与失眠抗争，2017 年英国有近 1/3 的人面临失眠的困扰。

如果没有适当的休息，一切都会突然变得更困难。

为了能从心理上获得休息，有些人会做一些自我放松的事，比如洗泡泡浴或者玩视频游戏，以此来摆脱、分散工作和生活的压力。从这个角度来看，休息应该被理解为“非工作时间”或者是“用于休闲的时间”。阅读、看电视、看视频、做园艺、听音乐都属于这个范畴。然而，有时候我们做了不少休闲和放松活动，却仍然感到并没有得到充分的休息。虽然这些活动暂时分散了我们的注意力，但生活和工作仍然会让我们感到紧张和焦虑，加重了失眠和疲惫的恶性循环。对很多人来说，这种状态被认为是“拖延症”再合适不过。

我目前正在完成一本被约稿的书，我非常了解这种感觉。

签署了书籍合同后，我对于要写的内容充满了兴奋，跃跃欲试。我就要写出一本对任何地方的任何人甚至未来几代人都有影响的书了！我幻想自己的书将如何改变人们的生活并激励他们。个人健康一直是我热衷的话题，我有写作这个主题内容的丰富经验，我无法想象自己真的会被难住。我一直是学校里的优等生，我相信自己可以轻松地在截止日期之前完成写作任务。

我为自己规划好了这个长期项目需要准备的所有事项：打印计划表，将目标分解成较小的任务，制定好工作日期。接下来我要做的，就是按计划开展工作了。

……

要是我能按计划行事，就好了。

有些日子，我确实能做到：坐在桌子前，打开笔记本电脑，屏蔽所有的干扰信息，给手机设定一个4小时的计时器，确保在这段时间内认真写作。但最奇怪的事情发生了：我发现房间太热，需要调整空调的温度；当我再次坐下来时，房间又变得太冷了，我不得不穿上袜子。然后，我会发现自己一不留神选了一双不舒服的袜子——它们一直这么不舒服吗？为什么我以前没发现？我应该穿那双毛绒袜子才能舒适地写作。

好吧，我换上袜子了，现在感觉舒服多了。接下来咱们写点关于日式早餐的东西吧！然后我觉得“今天的早餐吃得好像有点少，所以应该吃点零食”。

接着，我又突然想到“空腹写作不容易产生创造力”，我肯定在某个地方读到过这样的文章。“不如去街对面的星巴克给自己一点奖励？这样我就能进入最佳状态，开始写作了。”

你是不是对接下来会发生的事情很熟悉？你去了星巴克，在那里打了个盹，意识到时间已经过去了两个小时，然后你得出结论：今天不适合工作，并决定明天投入更多时间来弥补今天的工作。

讽刺的是，我越是想要在写作和快乐生活之间找到平衡，就越会给自己施加压力，就越是会拖延。随着截止日期的临近，我越来越感到时间紧迫，以至于夜不能眠。最终，我不得不承认：是的，我无法写作跟房间的温度或我穿的袜子完全无关。

就像健康饮食和锻炼身体一样，人们常常责怪他人或自己拖延，并坚持认为只需要埋头苦干就能把事情做好。但拖延症并不是自律或懒惰的问题，我们丧失行动力的背后是一种未解决的恐惧和焦虑。我们觉得还没有准备好，所以分散自己的注意力，试图让自己休息一下，但这种分散注意力并没有帮助；如果我们觉得休息好了，反而会让自己更加分心，如此循环往复。

明白了这一点，我们就不能再简单地把休息等同于身体上的休息或“不工作”的行为，而是要将其定义为从事一项能让人感到神清气爽并恢复体力的活动，这可能对我们更有帮助。能够让我们对目标充满兴趣、好奇心、激情和热情的活动才是休息——这是一种拓宽生活维度的行为。

当然，有些行为可能看起来不像是休息。我在本章中所叙述的不一定是如何获得更多的睡眠或如何减少工作，而是如何平静头脑和灵魂，以及如何修复和恢复身心。通过扩大对休息的认知范围，我们不仅可以识别出分心的事物，还可以识别激励和治愈我们的行为，过上更加充实的生活。一旦我们锚定了休息的概念，其他一切关于健康和幸福的事情就都会变得更容易了。

第十课
让生活慢下来

慢下来有什么好处？在美国，随处可见的是那些喜欢快速行动的人，而不是认为“慢慢来”才是正确前进方式的人。在搬到纽约后的第一天我就意识到，没有人会等着人行横道上的信号灯变绿，这里的交通信号灯更像是建议而不是规则。每个人都脚步匆忙地要赶去某个地方，节省下来的每一分钟都被看作是可以用在工作上的时间。

这种心态源于激烈竞争的社会。许多人认为需要做得更多、用时更短，有些人甚至通过滥用药物来做更多的事情。据说，在美国和英国，一些学生会服用缓解多动症的非处方药物，用以帮助提高注意力，在课堂上取得好成绩。还有一些工作人员也提到，他们曾依赖这些药物来提高在工厂里的生产力和生产量。一些人认为，在个人无法获得更多的精力和时间来工作的情况下，使用药物来提升精力并没有什么问题。

我们很容易对此产生共鸣，认为必须把心理和身体都逼到极限，才能出人头地。激烈的竞争越来越年轻化，参加补习班是常态而不是例外，20 多岁的时候每天工作 12 个小时并不是新鲜事。被逼到极限的人往往会为了一个解决方案而走极端——因为当被逼到极限时，极端的解决方案似乎才是唯一可行的选择。

不必急于求成，人生需要一些松弛感

我相信，对于我们意识到的更多工作需求，真正的解决方案存在于一个不那么具有革命性的地方。在堂・米格尔・路易兹（Don Miguel Ruiz）的《通往心灵自由之路》（*The four agreements*）中，我读到了一个关于超越痛苦、找到启示的故事。

男人想找一位能指引他达到目标的人，于是他去了寺院，找到一位大师，问道："师父，如果我每天打坐 4 个小时，要多久才能顿悟？"

大师看了看他，说："如果你每天禅修 4 个小时，也许 10 年后你会顿悟。"

这个人觉得自己可以做得更好，于是说："那么，师父，如果我每天打坐 8 个小时，要多久才能顿悟呢？"

师父看着他说："如果你每天打坐 8 个小时，也许 20 年后你就能顿悟了。"

专注于尽快达到顿悟的结果，有可能会忽略达到顿悟的过程。

虽然并不是每个人的人生清单上都曾有卓越的成就，但许多人可能都经历过那种想要尽快实现目标的迫切心态。例如，在学习一门新语言时，一心想尽快达到流利的程度，所以每天花几个小时去伏案学习词汇和语法。但是，如果忽略了用新语言去交朋友，或者去了解该国的文化，那么学外语往往会更加吃力，也失去了学习它的价值。学习乐器也是这样的——如果我们太专注于提高技能，以至于花上几个小时在房间里独自练习，我们就会忘记学习乐器的目的是为自己或他人演奏。

这种学习的紧迫感往往来源于这样一种信念：只有在熟练掌握这门语言之后，才能使用这门语言；或者只有在熟练掌握这门技能之后，才能在他人面前表演。但是，如果把所有的时间都花在“精通”的最终目标上，而不是花时间去享受学习过程中每一次小小的进步，我们将看不到成功的喜悦，这个过程也将变得疲惫、孤独和沮丧，而不是可以从中获得能量。相反，花时间以小的增量来学习，不仅会使学习过程更愉快，也会更容易实现目标。

竞争激烈的社会重视成功和出类拔萃的人，人们从小就相信努力和忙碌的生活才是美好的生活。在美国，人们总想比别人做得更多，规模更大，而且越大越好。但是，一直忙碌和高效的愿望是不可持续的，如果看不到慢下来的价值，我们就会筋疲力尽，有时甚至质疑如此努力工作的意义。

在日本，由于长期过度工作和竞争的压力，导致了一种被称为“蛰居族”的现象出现，就是年轻人隐居在父母家中，一连几个月或几年拒绝离开自己的房间。这并不是意志薄弱的表现，而是人在超负荷工作达到筋疲力尽状态后非常自然的反应。

这就是“慢下来”如此重要的原因。如果可以，它应该被学校、工作单位和一个不惧怕因此而落后的社会所鼓励。更值得期待的是，应该鼓励人们将生活节奏掌握在自己的手中，以确定自己的价值观和优先事项，并独立于其他人对自身的期望之外，减轻压力。我们可能很难摆脱凡事求快的时代步伐，因为当下很难在现实中看到慢下来的价值——新产品、新服务甚至新娱乐似乎都是为了更快、更高效的即时满足感而产生的。但这个世界并不总是重视速度和效率，最明显的便是，我们仍然可以在传统艺术形式中发现慢下来的价值。

日本茶道与精进料理：缓慢的节奏中蕴含着喜乐

日本传统艺术“茶道”，是一种冲泡和介绍绿茶的仪式。还有“精进料理”(Shojin-ryori)，是日本佛教僧侣的传统饮食方式，亦因耗时冗长而闻名。然而，这既没什么可担忧的，也不是什么缺点，因为这些活动的特色就是以舒缓的节奏进行。他们专注和谨慎的方式，正是这种艺术对于观众来说具有价值的原因。缓慢的节奏中蕴含着喜乐。

一场茶道仪式最短 45 分钟，而一套完整的正规仪式可以长达 4 个小时。茶道是由佛教僧侣从中国传入日本的，通过舒缓的过程，旨在帮助饮茶的人离开物质世界，体验精神领域的和谐与和平。茶艺师的每一个动作和姿态都是有意为之，并且经过精心编排，为了帮助客人达到那种

“时间停止，超然物外”的境界，甚至摆放物品的角度和做事的节奏都是经过深思熟虑的，因为这些小细节可以帮助一个人得到“活在当下”的感受，让我们的注意力不会被思想所干扰。

短暂忘却忙碌的生活，体味悠闲慢时光。

13 世纪，日本的禅宗僧侣也将精进料理由中国带到了日本。人们认为，不仅是茶，饮食也是一种有效调整身体、思想和精神的方式。精进料理以大豆、时令蔬菜和当地植物为主，是工序烦琐的传统菜肴——许多精进料理需要反复研磨、煮沸、切碎和等待。这种工序是刻意设计的，因为人们认为食物的准备需要专注和付出，这比很快吃到食物更能教人学到耐心和感恩。重要的是过程，而不是菜肴本身。

这些费时费力的传统艺术，我们可能根本不愿意亲自体验——4 个小时的茶道似乎很难坐下来看完，但当我们做好了全身心投入的准备时，一切其实并不是太难。这些艺术带来的是一种专注的状态，你完全沉浸其中，其他一切都变得无关紧要。匈牙利裔美国心理学家米哈里·契克森米哈赖（Mihaly Csikszentmihalyi）将这种状态称为“心流”。在心流状态下的人感觉敏锐、全神贯注、轻松自如，最值得注意的是，它会让我们对生活充满热情。

园艺工作者可能在院子里一干就是几个小时而浑然不觉，许多工匠或家庭装修工作人员也会有同样的感觉。人们会沉浸在阅读中，甚至与朋友的交谈中，忘却了时间。当我们全身心投入某件事时，其他似乎都变得不重要了，我们会发现自己不仅平静，而且充满活力。那一刻的感觉一定是最好的。

人们不会一下子就进入心流状态。达到这种状态需要对自己有耐心，需要不断地提醒自己慢慢来，而不是匆忙地完成这个过程。通过慢下来让自己专注，最终才能完全沉浸其中，体会这一切给当下带来的喜悦，而不被其他想法分散注意力。耗费时间的活动对我们来说并不是坏事。选择正确的活动，可以帮助我们感到更加清醒和平静。

人们很容易将缓慢视为迟钝，但肾上腺素飙升的状态是不可持续的，可能会让我们忽视行为背后更重要的意义，最终会导致慢性焦虑和痛苦。这种情况通常被称为“急迫症”。这不仅仅会造成情绪问题，比如难以集中注意力、莫名其妙地发怒或缺乏信心，长此以往还会导致睡眠困难、头痛、高血压等身体症状。即使我们做着喜爱的工作，被关心的人包围着，没有时间休息的生活也会成为令人憎恨的生活。

需要注意的是，慢下来并不意味着要分散注意力，或者简单地用其他事情来填满时间。人们经常会在休息的时候选择浏览社交媒体或者看电视剧，但这些活动往往不会让人感觉更充实，也不会让我们对各种可能性持开放的态度。应该把休息当作是一种让身体和大脑慢下来的活动。我将在下面的课程中解释应该如何更好地达成这一点。

说一句题外话，我认为虽然人可以通过很多活动慢下来，但我更提倡参与非网络数字方式的活动。当我们在与娱乐程序和为了实现即时满足感而设计的媒体（如社交媒体或视频游戏）互动时，很难注意到细节。这些应用程序的内容被设计为提高效率、速度和快速移动的内容。当我们想要放慢大脑，寻找值得关注的细节时，现实世界中的活动往往更有利于顺应这种心态。

慢节奏可能会让人感到些许不适，因为当我们完成的事情看起来比较少时，很难保持悠闲的态度。然而，就像所有事物一样，要建立高质量、有意义的生活，最好是能够适度进行。给慢节奏一些时间，重新审视自己的价值观并调整优先事项，使生活有更多创造、冒险和欢乐的空间。当你发现自己行动过快时，不要害怕停下来，试着深呼吸，放慢脚步吧。

SHOJIN-RYORI-INSPIRED GOMA-DOFU

精进料理芝麻豆腐（4人份）

当你想制作、品尝精美的食物时，这款精进料理的戈马豆腐[①]是一道可以与任何三菜一汤的日式定食餐搭配的菜肴。这道菜不像传统菜肴那样费时，但它需要用研钵和碾杵自己动手磨碎白芝麻。这道菜旨在提醒我们“简单”的价值。花点时间自己在家制作它吧。

配料 Ingredients

- 白芝麻酱 50 克
- 马铃薯淀粉 50 克
- 1 茶匙高汤粉
- 温水 400 毫升
- 少许盐
- 芥末和酱油调味（可选）
- 长方形盘子：建议使用至少 3 厘米深，约 10 × 15 厘米大小的盘子。也可以使用圆形盘子，这样做好的豆腐就会是圆形的。

---

① 戈马豆腐，又叫五马豆腐或芝麻豆腐，是日本的传统食品，由芝麻和葛根粉制成。除了和歌山风味拉面，五马豆腐也是和歌山县的特产。——作者注

烹饪说明 Instructions

1. 用水浸湿盘子备用。
2. 准备一个中等大小的锅，用筷子或搅拌器将马铃薯淀粉、高汤粉和水搅拌均匀。
3. 加入芝麻酱和盐，搅拌均匀。
4. 开中低火，将盛有混合物的锅一边搅拌一边加热。一旦开始凝结就减小火力，继续搅拌直至黏稠。
5. 将混合物倒入盘中，均匀摊开。将盘子放入冰水或冰箱中冷却一个小时。
6. 用湿勺子或刀切开，搭配芥末和酱油食用。

第十一课

深入探索你的好奇心

大多数人会在“慢下来”到“进入心流状态”的过程中挣扎。我们很容易被脑海中浮现的其他想法打断，被周围的事物干扰，或者为我们看到的、应该或可以做的其他事情分神。

我们试图强迫自己集中注意力——为什么大脑就不能乖乖地一次只做一件事呢？但这往往只会导致更多的挫败。这就是所谓的“控制悖论”：你越想控制一件事，它就越难被控制。

我写这本书时，这种感觉也出现过：就像试图抓住飘落的花瓣，越是拼命地想要抓住，它们就飘落得越快。幸运的是，我找到了一位乐于助人的老师，她帮我认识到，如果能顺其自然地让事情发生，你就会看到花瓣飘落到你手中。她的示范帮助我发现了该如何克服这种自我预言的沮丧。我的老师是谁呢？就是我 3 岁的表妹。

拥抱玩耍心态，在探索的过程中获得发现的快乐

如果你有孩子，或者看到过孩子们自娱自乐，你会注意到他们不会为要做的某件事担心，也不在乎做得是否正确，或者对生活是否有帮助。有一年夏天，我看着表妹把沙子捏成小球，或者跳上秋千，当风吹过她的头发时假装在飞。她会坐在那里花好几个小时观察蚂蚁，还会在蚂蚁窝的周围撒一些白糖，只是为了看看会发生什么。她拔出青草，闻一闻，然后递给我，就像这是能和别人分享的最有趣的东西。

从那时起，每当我发现自己被写作困住了，都会先花点时间想象一下与 3 岁的表妹交谈的场景。我告诉她我的感受，或者我正在为什么而苦恼，然后征求她的意见，看看她认为人们觉得什么样的内容可能是有趣的。我想象她会说些幼稚的话，也许会有一点古怪的反应，然后继续她乐陶陶的日子。我提醒自己，如果我愿意，我也可以这样——试着做些什么，看看会发生什么，然后再想办法解决。

与其强迫自己集中注意力，不如先表现出一种孩子般的玩耍心态。当你还是个孩子的时候，你会如何对待一件事？你可能不会太关心结果，至少你可能不会关心是否能掌控局面。相反，玩耍能够帮助我们放下焦虑，转而投入好奇，而好奇心往往是专注的基础。我们很难注意那些让人感受到压力或无聊的活动，但若是能让我们感到好奇的活动，它会迅速地吸引我们，并且会长时间地吸引我们。

好玩和好奇心的价值不仅仅体现在工作或必须做的事情上，我们也可以把它用到休闲活动中。比如，你对美术感兴趣，那么绘画就是一种合适的减压活动。若你正为项目即将到截止期而焦虑，希望用绘画放松，却发现无法享受绘画的乐趣，你就应该明白，工作的焦虑让你不能真正通过这些活动来平静你的头脑。这时画画会让人觉得是一种拖延，而不是有效的减压工具了。

玩耍能帮助我们放下焦虑，转而投入好奇。

与其因为无法享受慢下来的乐趣而沮丧，不如花点时间开始自我省察。画纸触摸起来有什么感觉？颜料的质地怎么样？笔尖是如何在画纸上运行的？如果换一支不同的画笔，会有什么变化？这种颜色看起来像什么？它们融合在一起会是什么颜色？如果是一个孩子，他还会问些什么和做些什么呢？

你可能会注意到，头脑中那些分散你注意力的声音开始被一个更关注当下的声音取代了。你开始以略有不同的视角来看待你的世界。你开始对那些之前因为忙着工作、走得太快而被忽视的小东西更加好奇，对你目前所做的事情更加感兴趣了。

我们可以用任何喜欢的方式来练习如何放松。如果你喜欢烹饪，就试着琢磨一下正在使用的食材——它们感觉像什么？闻起来怎么样？生的时候味道怎么样，煮过之后的口感和味道有什么变化？如果你喜欢听音乐，试着问自己一些关于节奏的问题，体会旋律带给你的感觉：它让你想起了什么？这首歌的歌词对你意味着什么？保持好奇心，多问问题，你会渐渐地发现自己慢下来了。

这种对细节的关注，我们可以换个词来形容，就是“考究”。它是一种对完美不懈追求的理念，也是关注细节、对最小的事情都要深思熟虑的行为。

在绘画中，考究可以是关注画纸的质地、画笔手柄的形状，或者关注正在使用的颜料的浓稠程度；在烹饪中，考究可以是原料的品质和刀工；在音乐方面，考究可能是扬声器的质量或听音乐的环境。

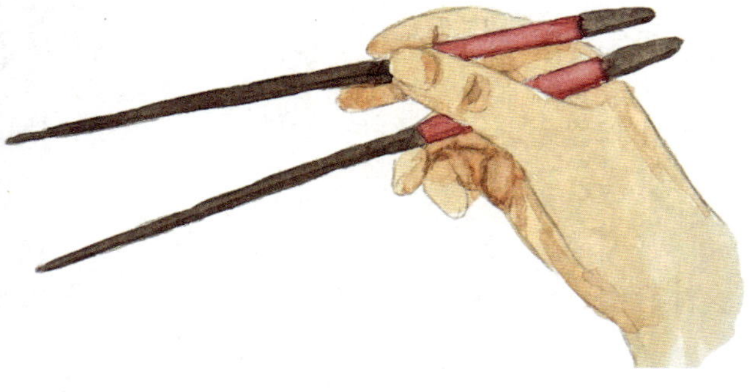

大多数情况下，考究被解读为对完美的不懈追求，这似乎与好奇心和慢下来的原则并不符。但考究并不等同于完美主义，如果运用得当，它可以带给我们精神层面的愉悦，拓展我们的生活维度。

虽然完美不可能实现，但仍然值得尽可能接近。它通常是从注意到周围环境中的一些非常小的细节开始的——也许织物的质地不太好，椅子不像想象的那么舒服，或者水果的甜度并没有达到它的最佳状态——这一切都激发了人们的好奇心，也许可以做些什么让它变得更好。

这就是工匠精神。这是一种内在的驱动力，是从看似微不足道的东西上诞生出来的兴趣。有些人可能会认为这是强迫症，但具有工匠精神的人都有一些利他主义，任何改进的努力在他们看来只是为了对用户来说更趁手，或者单纯是为了更尊重材料和制造过程。考究是一种追求卓越的完美主义，而不是避免失败的完美主义。它让我们把角色和贡献看作是更大的体系的一部分，正是这种认知，让我们找到了活力。

这种工匠精神意味着不断地实验和试错的过程。它要求我们对可能或不可能发生的事情持开放的态度，专注于当下的状况，而不会过于担心实验的结果。事实上，熟练的工匠明白，他们不能分心去关注结果。每一个工作环节都需要全神贯注地关注工具和材料的细节、工作的环境和工艺。有些人会花费一生的时间去了解他们所选择的材料。

一位著名的日本陶艺专家柳宗悦描述了他是怎样“听”材料指挥的。每一次他都需要了解那些材料的独特之处，因为它们可以一天一个变化，甚至是时刻都在发生变化。如果材料“太顽固”，不愿意按照工匠的意愿弯曲，工匠就有责任在意识到这一切时做出让步，尊重工艺：好吧，这次我们就用不同的方法来处理吧。

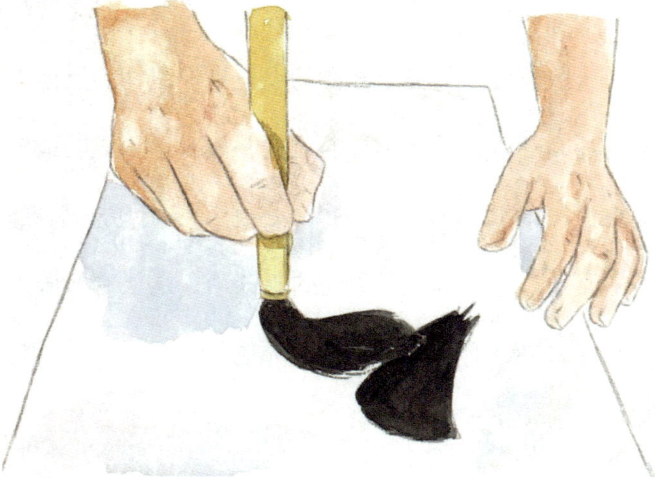

有一个常见的误区：求知欲和热情是匠人天生具有的。事实上，激情是放慢脚步，给自己足够的时间和空间去质疑、探索和尝试的结果。当我们在生活中感到压力太大、被困扰或节奏太快时，是找不到这种激情的，只有放慢脚步，留心当下环境中的细节时，才能找到它。

正念疗法练习已经被证明可以从物理上改变大脑中与情绪和行为相关的区域，研究表明，这种练习在减轻焦虑和防止抑郁方面非常有效。一项研究甚至表明，被诊断为高血压前期的成年人通过正念疗法可以降低血压，正念疗法还可以降低患心脏病的风险。太神奇了！我们的思想与身体健康之间的相互关联竟然是如此紧密。

很多人认为正念很难做到，但其实没必要被它吓倒，这只是一种走出习惯行为的练习。花一些时间去关注你的感官告诉了你什么、你看到和感觉到了什么，有没有什么感觉是你以前没有注意到的？当我们决定专注并沉浸于喜欢和好奇的活动中时，问一些关于手头这些素材的细节问题，然后回答它们，通常就足以让头脑中那些干扰的声音安静下来了。

在通往健康的路上保持坚韧

好奇心还有另外一个好处，就是让我们保持韧性，这是能够长期持续和防止情绪倦怠的另一个关键。我年轻的时候曾经认为自己不具备适应能力。我是一个很敏感的人，我认为坚韧和情感表达是相互排斥的。

当我们在西方语境中谈论坚韧时，大多数人认为它是指不带感情地忍受困难。我们认为一个坚韧的人会对一切困难一笑置之，或者能够不受拒绝或失败影响。但我现在不这么认为了，就像勇气并不是不知道害怕一样，坚韧也不是不在乎困难。

这是一种特别重要的心态，但在健康领域却没有得到足够的重视。当人们开始启动他们的健康之旅时，经常会发生的事情是：为自己设定高风险的期望，让身体承受超出能力的负荷，让思想承受必须成功的压力，同时还必须在整个过程中保持“坚韧”。事实上，坚韧并不是一种情绪，而是一种在明知困难的情况下采取行动的能力。对我来说，这才是健康之旅的关键。

和体重作斗争的那段日子里，放学回家的路上我会习惯性地去便利店买炸鸡。香喷喷、酥酥脆的炸鸡装在有彩色插画的可爱包装盒里，那简直是天下最美味的东西。我是偶然发现这家炸鸡店的，在相当长一段时期内，放学后买炸鸡几乎成了我的一种生活规律。即使不饿的时候，我也非得买来吃不可。当我意识到这一点时，我慌了——这是不是正在成为一种模式？这会不会又是一个我改不掉的、不健康的习惯？

不过，现在我已经不会在情绪上打击自己了。我不想因为吃了油炸食物就内疚，我想善待自己。一个更友善的自我不会在内心感到沮丧或羞耻，而是会考虑到我的最大利益，会希望我健康。但是，应该怎样做呢？这个更友善的自己会有些什么建议呢？

尝试着保持好奇心。

就像勇气并不是不知道害怕一样，坚韧也不是不在乎困难。

我尝试着用饭团来代替炸鸡。我试着把它当作一件重要的事，我会绕道穿过附近的一个公园，而不是直接回家顺路享受我的零食。我走了离家更远的一条路，这样在吃饭前我得走 30 分钟。为了节省时间，我用 10 分钟的慢跑来代替步行。渐渐地，慢跑的时间变成了 15 分钟，然后是 20 分钟。我发现，运动让我不再容易被食物诱惑，吃炸鸡的习惯也逐渐失去了光彩。

这并不是一蹴而就的转变。有时因为吃得太多了，感觉很不舒服，我会躲在被窝里。我刻意不去照镜子，有时候我会哭。但这种间歇性的悲伤从来不会持续太久，因为我总是会想到自己更美好的一面。我的情绪会让我哭泣，但它也会让我从床上爬起来。它会拥抱我，然后轻推我离开房间。这可能不太容易，但改变习惯并不会让你觉得很累，因为改变习惯在情感上的风险很低。

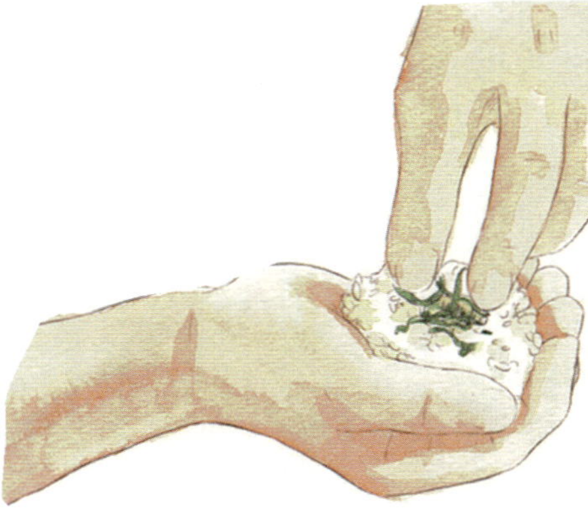

当人们在通往健康的路上保持坚韧时，有时会感到像是对成功的一种衡量，也许没有按计划进行会让你伤心或沮丧，担心无法达到目标，但这些情绪实际上并不是在告诉你这些。情绪存在的目的是提供关于周围情况的重要信息，提示哪些是有效的、哪些不是，但并不代表我们的能力。

保持好奇心可以帮助我们提醒自己，接受感觉而不去评判它们，这可以减轻情绪压力，让我们不那么疲惫，感觉更轻松。当我需要记住这一点时，我喜欢通过一些我最喜欢的谚语来重新思考什么是坚韧：

1. 猴子也会从树上掉下来

每个人都会犯错，这是不争的事实。即使是专家和领导者，偶尔也会把事情搞砸。如果他们都能犯错，那么你也一样可以。摔倒可能会受伤，可能会有点尴尬，但没必要因此否定自我价值。从树上掉下来的猴子，并非注定要永远待在地上。试着拥抱错误，因为你能从中学到很多。

2. 以柔克刚

固执往往令人生畏，而灵活最终会更强大。与其抵抗，不如与无法控制的事情和解，这样可以防止我们崩溃。如果想找到一条可持续发展的道路，就必须意识到，有些时候需要积极进取，有些时候则要适时放弃。我们应该灵活地对待遇到的每件事情，这样可能会发现更好的道路。

3. 跌倒七次，爬起来八次

有时候我们会搞砸、会跌倒，但都没关系。可以坐下来大哭一场，给自己一些恢复的时间，从别人那里寻求支持和安慰。不要着急——最重要的是，你终会重新站起来，无论何时、无论如何，对你来说都是有意义的。不需要压抑自己的感情，也不需要对任何事情都抱着积极的态度。坚韧意味着可以哭泣，处理好悲伤，坦然面对对你构成威胁的力量，最终爬回树上。这就是坚韧不拔的体现。

无论你正在开始一段新的健康之旅、尝试学习新的技能或爱好、努力提升职业能力或以其他方式进行自我提高，首先都要让自己拥有好奇心和近乎玩乐的心态。这可以帮助你克服控制悖论，在工作和爱好中更加专注，并在不可避免地面对失败时有所准备。

当巨大的挑战令你心理压力倍增时，好奇心可以让你感到更有活力，不再感到焦虑，更加冷静，拥有更强的自控力，更愿意放慢脚步，培养自己的热情。以全新的眼光去看待世界似乎是小孩子的专属行为，但我们可以通过一点一点地努力，来培养专注力和注意力：只需要深入探索我们的好奇心。

CALMING TRADITIONAL MATCHA

传统舒缓抹茶（1人份）

用茶拂[①]来为自己制作抹茶有时候看起来很乏味，但是，击茶的动作可以适当地让我们放慢生活的脚步，对小细节更加深思熟虑。学会关注制作某物的过程，可以带给我们更有意义的享受。这款抹茶可以搭配小饼干一起享用，也可以单独享用。平静、悠长地呼吸，让自己沉浸在喝茶的喜悦中吧！

配料 Ingredients

- 抹茶粉 2 克
- 水 60 毫升

基本工具 Essential Tools

- 茶拂
- 手动茶筛
- 大号陶瓷茶杯或茶盏

①茶拂又叫茶筅，中国传统斗茶中旋转、击打和拂动茶盏中的茶汤时使用的工具，使之泛起汤花，又称为击拂。——作者注

烹饪说明 Instructions

1. 抹茶粉过筛，筛入大号陶瓷茶杯或小陶瓷茶盏中，确保茶粉没有结块。
2. 将水烧开，冷却至 80℃左右，或让它冷却 3~4 分钟。
3. 将水倒入粉末中，快速按照“M”形手势搅打茶汤。
4. 充分搅打后的茶汤略带泡沫，现在可以享用了！

第十二课
营造一个让你感到平静的空间

知道该如何放慢速度后，现在我们应该关注的另一件重要的事情是：环境。打造一个有利于休息的空间，不仅意味着舒适的枕头、柔和的光线，还意味着营造一个让我们感到平静、舒适的空间。

如果有人问你“什么是休息”，你会想到些什么？你认为应该在怎样的环境里休息？如果你去问中国人和日本人，他们很可能会告诉你：休息就是一个人靠在树上。

人

木

休

休息的“休”字是“人”和“树”的组合。靠在树上休息的人，说明休息的地方不仅仅能够睡眠或不用工作，还得是安全的、能够让人感到平静的地方。

最近兴起的居家办公，使得许多人的生活与工作环境杂合在了一起，我们在工作的地方吃饭，在睡觉的地方工作。虽然看起来方便，但这样兼容的环境，使传统上为休息而设计的空间变成了无法得到平和的地方。看到正在处理工作的笔记本电脑，我们会被未读的电子邮件所困扰；看到堆放在角落里的信件时，我们会想起还有未支付的账单。这些任务是否紧迫并不重要，但它们的存在使本来很简单的活动变得不再轻松，哪怕是在餐桌上享受一顿美餐，也成了一件不那么容易的事情。

身边的事物有意无意地影响着人的想法，这对我们来说并不新鲜。餐馆会用植物来装饰墙壁，以彰显其品牌从“农场到餐桌”的理念；商场会用大理石铺设地面，为了让客户感受到尊贵和价值；老师经常会在教室里张贴励志海报，鼓励学生更加自信、勤奋并要善待他人；我们在客厅里挂上家人和朋友的照片，以此来提醒自己关注生活中的爱。

虽然这些装饰会使空间更鼓舞人心、更舒适或者更安静，但也应该注意，有时候我们有必要从周围环境中减少些什么，以降低压力、紧张或焦虑。这并不是说需要清理整个办公室或餐厅，我们也不是总有时间、有办法这样做，但应该注意，吃饭时应该把堆放在餐桌上没有拆阅的邮件拿走，睡觉时收起笔记本电脑和工作文件。这些都是能立竿见影取得效果的简单方法。

“休”字告诉我们，休息的场所并不是真空环境，仅仅闭上眼睛、戴上耳塞是不够的。我们真正需要的不是试图阻止周围的干扰，而是感受到安全，感受到生活不被搅扰——就是依在树下的那种感觉。

生活在有序的环境中

极简主义是受传统禅宗启发的一种生活方式，即只保留生活中必需的、能给人带来更多平和感与安全感的物品的生活方式。其核心理念是：拥有更少，就是做得更多。仔细研究一下，我们就会发现生活中的大多数东西都可以被丢弃，以此来创造更大的空间。

如果您不了解极简主义，看看日本人的床上用品，可能会有所帮助。与西式床不同，传统的日式床是铺在地板上的一块厚垫子，被称为“榻榻米”。它并不是整天放在外面的，每天早上要折叠起来放好，以腾出更多空间。

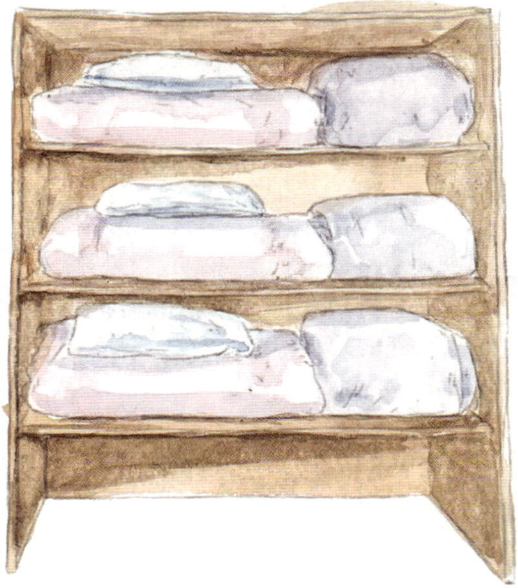

我曾经认为这很麻烦。反正家人晚上都会回来，为什么不能把榻榻米放在外面呢？长大后，我已经习惯了西式床，但每年夏天我会回日本看望祖母，她会让我们每天早上把被褥收起来，晚上再拿出来铺好。这对我来说似乎并没有什么意义。

后来我意识到，如果有一天忘记收起被子，那个房间的空间感就会有明显的区别。地板上没有了做游戏的地方，我们用脚踩着毯子和枕头。房间变得很混乱，一切都一团糟。那时我真希望祖母能要求我们把被子收起来，而不是让我和兄弟姐妹们在一堆被褥上玩耍。

身边的东西越少，生活的压力就越小。重要的是要明白，从本质上讲，极简主义并不是要减少财物，而是要检视拥有更少的东西是不是一种更好的生活方式。只把必要的东西留在身边，其他的物品要么收起来，要么舍弃。仅仅是减少生活中的物品并不能给人带来快乐，清除会给生活带来混乱的东西，才能让我们更平静、更满足。

极简主义并不是要减少财物，而是要检视拥有更少的东西是不是更好的生活方式。

生活在有序的环境中不仅能让人感到更平静，而且会明显影响大脑的工作方式。2011 年一项使用 FMRI 大脑扫描技术[①]的研究表明，“视觉混乱”和“环境杂乱”确实改变了大脑的工作方式，使参与者更难集中注意力处理相关信息。当参与者被转移到有序的空间时，他们的生产力会显著提高。视觉杂乱也会对工作记忆产生负面影响，周围过多的杂乱

① FMRI 即“功能性磁共振成像”，是一种新兴的神经影像学方式，主要运用在研究人及动物的脑或脊髓等领域。作为一种无创、活体的研究方法，对进一步了解人类中枢神经系统的作用机制，以及临床研究提供了一个重要的途径。——作者注

物品还会使我们产生比其他情况下更多的、更不健康的暴食倾向。应该开始考虑如何过滤掉压力了，因为我们真的不需要它。

当然，极简主义并不代表应该用日本榻榻米去代替西式床。整洁并不是乏味，周围的东西少一些，对健康和幸福感都更有益处。这还意味着要学会放下一些东西，或者只需要养成把东西收拾好的习惯，这两者都可以改善我们的生活，让人在当下感受到平静和满足。

从整理床铺开始，将整洁的艺术融入生活

大多数日本儿童会通过学校的系统教学来学习如何整理自己的生活空间，并认识到整洁的重要性。许多学校都并没有清洁人员负责收拾学生和老师授课时使用过的物品，雇用来的保洁人员只负责学生无法独自完成的维修或深度清洁工作。原则上，每个学生都应该自己整理好相关物品。

六七岁的小朋友一上小学，就要负责打扫卫生。学生到被分配的教室、走廊、浴室或更衣室去，用扫帚、抹布和刷子进行清理，每天大约

20 分钟。虽然小学生一开始可能不会认真对待这些日常琐事，但他们很快就会了解到，如果不认真打扫，他们的学习生活就将在杂乱和污垢的环境中度过，所以每个人都会认真地各司其职。

这种方式让每个学生都更适应周围的环境、适应学校生活，并培养出维护周边环境、保持其井然有序的能力。参加运动的学生需要负责运动场地的清扫工作，在实验室上完课的学生则要负责实验室的整理和清洁。桌椅和公共空间的清洁也都是学生自己的事，如果他们不做，没人会帮他们完成这些工作。

当然，清洁工作有时候的确是苦差事——其实每天刷牙也挺麻烦，但对每个人来说都是必需的。保持整洁和刷牙一样，作为常规工作的作

用直观且自然。不必进行全面大维修，只要将整洁的艺术融入生活即可。最有效的方法不是改变目前所有的一切，用极端的方式来颠覆自己的生活，而是要慢慢开始，并牢记适度。

最有效的做法是慢慢开始，并牢记适度。

如果你只是一个对极简生活方式有好奇心的初学者，我想说，养成整洁习惯的最佳方法就是每天早上整理床铺。仅仅是这一个动作，你就可能发现自己的东西太多了。床是你开始和结束每一天的核心场所，所以整理好床铺很重要。你是不是有太多的枕头？你的床上有面包屑吗？其实，铺床最多只需要几十秒，但这不仅能给我们带来情绪健康方面的影响，还可以帮助我们养成保持干净整洁的好习惯。在一天结束时躺在整洁的床上，感觉多好啊！

创造一个有利于休息的空间，并不是指整个房间只能有一个功能，也不是说要遵循极简主义的理想模式，将所有不必要的东西都扔掉。用一种能让人享受到平静心态的方式来安置空间，周围环境中任何一点微小的变化，都足以对我们放慢速度的能力产生有意义的影响。

第十三课
保持灵性

有时候，生活中的压力不是那么容易就能摆脱的，需要一些来自其他方面的支持。我发现，当感觉没有其他选项的时候，最有效的办法就是调整心态。

如果你有自己的信仰，你应该能明白我在说什么。在一个充满未知的广阔世界里，信仰能给我们带来平静和直接的指引。如果你没有宗教或灵性方面的信仰，我将提供一些关于心态方面的建议，它可以帮助我们得到解脱和平静，而不必想得太过深远。

从小到大，我都不清楚我的家人信奉什么宗教，但我知道他们的确是信奉某些东西。我们经常会在特定的节日或者去拜访某个古老的家族时进行祈祷。我生长的那座城市里有数百个神殿，但从来没有人强迫我宣称自己是信徒。

日本最主要的两种宗教是佛教和神道教。有许多大型的佛教寺庙和神社分散在全国各地，甚至社区里都有自己的小型寺院。截至 2016 年，日本约有 8 万座佛教寺庙和神社。

新年或盂兰盆节等法定节日，也是日本一年一度的佛教活动和纪念祖先的日子。人们还会定期去寺庙或神社里祈祷，有的人家里还会有小小的佛龛，这并不罕见。从表面上看，日本似乎是一个充满宗教信仰的国家，但很多人并不承认自己有宗教信仰。根据日本 2019 年进行的一项调查，约 81% 的受访者表示，他们从未加入过任何宗教团体；在 2013

年进行的另一项全国调查中，约 72% 的日本成年人表示，他们不认为自己有宗教信仰。然而奇怪的是，当这些成年人被问及是否认为拥有宗教信仰很重要时，66% 的受访者回答说很重要。

那么，为什么这些人不认为自己是佛教徒或神道教信徒，却又参加那些敬拜活动呢？难道不是信徒才会参加敬拜活动吗？

许多日本人对超出理解范围的力量怀有强烈的敬畏心，并且有向祖先或向自然力量祈祷的传统，但他们将这些行为视为文化传统或个人价值观，而不是对某一种宗教信仰的虔诚。这种信念让祈祷看起来更随意，也更接近自我——神灵应该被尊重，但不一定要被崇拜，它们代表的精神意义是普通人可以达到的，并非遥不可及。你可以在公园旁、小路边、海滩的岩石上看到敬拜之处，它们并不总是那么壮观并且令人印象深刻，但无论你是住在大城市，还是住在乡村小镇，你下班回家的路上总会遇到一两个这样的敬拜点。

灵性练习："溪水中的叶子"

不论你是谁，不论你住在哪里，生活中总有无法控制结果的事情，让你感到压力或担心。这是一个不应该被忽视的问题。因为，长期缺乏自主权会导致心理健康问题，比如焦虑、抑郁和自卑。虽然很多人都说不要担心，总有办法解决问题，但有时候就算我们知道自己无能为力，依然会无法释怀。这正是我认为心态可以在需要时帮助我们的原因。

好心态并不能直接让我们拥有自主权，但它至少可以增加幸福感和安全感，这足以改善我们的健康状况。2012 年发表的一项研究显示，那些认为信仰或心态非常重要的人，患重度抑郁症的可能性降低了 76%。有趣的是，他们参与的宗教活动或他们的信仰体系对抑郁症患病率并没有什么显著的影响。同样，2008 年有一项针对 115 篇研究宗教、精神与青少年药物使用、抑郁症和焦虑症之间关系的文章的分析调研，其中 92% 的研究观察到精神与心理健康之间存在正相关关系。

你不需要在精神上是宗教信徒或归属于某个特定的宗教组织，在日常生活中保持有灵性的心态更加重要。你完全可以在精神空间里创造一个独属于自己的家园。首先你需要清除某个房间内的一块区域，它可以帮助你得到一些平和、安宁。很多人会选择靠近窗户的区域，或者有充足自然光的地方，这会让人感觉到与自然相融合。这个空间不必很大，但要确保它足以容纳一桌一椅。

如果可以，我建议你席地而坐，这样就可以最大限度地接近地面，有助于带来稳定和平静的感觉。如果你觉得坐在地板上不舒服，那就放一张桌子和一把椅子，但要确保桌子与椅子齐平，或者略高于椅子。如果你是席地而坐的，我建议你找一个舒适的垫子、蒲团或柔软的地毯。你也可以根据自己的喜好选择使用椅子垫、汽车坐垫或有后背支撑的地板椅。在选择合适的垫子时，优先考虑舒适度。

尝试调暗房间的光线，点燃一炷香，闭上眼睛，花一点时间祈祷。灵性练习对我们很有帮助，因为它可以培养耐心，让我们能够对生活中的不确定性表现得更加宽容，而不是对无法控制的事情感到紧张或恐慌，它意味着抛开担忧和焦虑，做该做的事情，并接受当下的情况。

2007 年进行的一项研究发现，更有耐心的参与者往往不容易抑郁，也不容易有负面情绪。而 2012 年进行的另一项研究也得出了类似的结论：对他人有耐心的人也会对自己的生活抱有希望，更有满足感。

佛教禅宗把耐心看作是一种对自我的同情。人很容易陷入沮丧的情绪之中，但是当我们转而关注内在，就更容易从沮丧的情绪中走出来：

从“我是个倒霉蛋”转变为“我只是感到沮丧”。这种观点的转变可以帮助我们反思，情绪不是必须抓住的东西，而是应该放手的东西。

有一种练习被称为“溪水中的叶子”，是由拉塞尔·哈里斯（Russell Harris）医生发明的，用来帮助人们恢复心灵的平静。接受治疗的人要想象自己坐在一条缓慢流动的小溪旁，看着树叶在水面上漂浮。当他们注意到自己内心的声音时，就把这些想法和感受放在每一片叶子上，看着它们漂走。

这个练习的目的不是让想法消失，或者强迫它们离开头脑，仅仅是让头脑中的声音稍微停顿一下，然后认识到自己可能在想什么或感觉到了什么，并对它表现出耐心。树叶以自己的节奏移动，有时可能会在某个地方卡住，但最终它们会随着时间的推移而远去。

通过学习接受眼前的现实和无法控制的事情，我们可以让自己更平和地面对当下。灵性也是对我们自己表现出同情，对现实和感受变得更有耐心，并能够通过一个更宏大的视角来看待世界。

感恩练习：看到平凡生活中的奇迹

灵性也将为我们提供一个练习感恩的空间，这种练习已经被证明能有效减少抑郁、带来动力，并让人拥有更积极的心态。2020 年发表的一项针对大阪 80 岁以上老人的研究发现，许多人都有感恩的习惯，这使他们在面对现实时表现得更积极、更有希望。虽然研究中的许多人不愿用“幸福”来形容自己，但大部分人对生活充满感激。参与者们能意识到变老带来的困难和焦虑，但他们没有愤世嫉俗，而是接受现实，因为他们认为生活中仍然有很多值得感激的事情。同时，他们对未来仍然能保持平静、充满期待。

经过很长时间的仔细研究，我意识到日语中表示“谢谢”的字有着一些意想不到的东西。

有：有

難：难

有難う：谢谢

日语中的“谢谢”是由表示“拥有”和“困难”的两个字符共同构成的。“谢谢”意味着：生活中美好的事物从来都不是显而易见的，也不是人生来就该拥有的权利。生活中有太多困难会阻碍那些即将或正在发生的事情，因此，发生在我们身上的每件好事都是无数奇迹的组合。能够得到一句“谢谢”，即使是为了最小的事情，也不是理所当然的。有机会说“谢谢”，同样也是很难得到的机会。

把当下的经历与宇宙中的亿万种可能放在一起考虑，活着就是这个世界上最大的奇迹。安稳的睡眠、健康的饮食、自如的行动能力和真诚的爱情……在日常生活中，我们会认为这些都是司空见惯的事，但仔细思考一下，才会意识到这些结果其实有许多的可能性，拥有它们是值得感恩的。有灵性并不一定要敬拜，但可以用简单的形式去感谢那些无形的东西带给我们的机会。能够进入对未知和无形事物的接纳状态，可以帮助我们培养对自己和世界的耐心，恢复自主感。

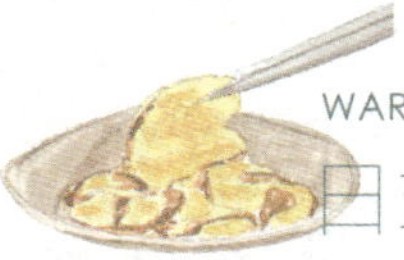

WARABI-MOCHI

日式麻糬 （2人份）

在日本的佛教祭坛上，人们通常会放置一些食物作为供品，请祖先与他们一起享用。这些食物包括新鲜的当季水果或素食甜点，而容易变质的食物或肉制品通常不会出现，因为它们会弄脏祭坛。供品都是从家里带的现成的美味，而不是为了供奉专门去买的。它们不一定要昂贵或精致，只要是带着恭敬之心分享的就好。日式麻糬是一种简单而美味的甜点，很适合放在祭坛上。希望你能喜欢它，并分享给你想要表达敬意的人。

配料 Ingredients

- 马铃薯淀粉 2 汤匙
- 白糖 1.5 汤匙
- 清水 100 毫升
- 炒熟的黄豆粉 1 汤匙
- 黑糖浆调味酱

烹饪说明 Instructions

1. 将马铃薯淀粉、糖和水放入微波炉专用碗中混合均匀。
2. 用微波炉小火加热 30 秒。
3. 用沾水的筷子搅和面团，直至均匀。
4. 用微波炉加热、搅拌、混合，此过程重复 3 至 4 次，直到混合物变成半透明状。放置一旁降温备用。
5. 将黄豆粉撒在一个大盘子里，将和好的麻糬团放进盘子里，均匀地裹上黄豆粉。
6. 用刀或勺子将麻糬切成可以一口吃进嘴的正方形。
7. 淋上黑糖酱享用吧！

营养

运动

休息

社交

支柱四

社交

SOCIALIZE

当我们思考应该做些什么来改善健康时，许多人首先会想到的是改变饮食习惯或加强锻炼，还有一些人可能会想到早睡。这是显而易见的，这些生活方式对健康的影响最大，当我们成功整合这些因素后，良好的习惯就可以成为最行之有效的预防性健康措施；反之，不良的生活方式也可能会带来最可怕的健康后果。

想象一下，如果你因为高血压去医院看病，医生既没有给你开药，也没嘱咐你多吃蔬菜、多锻炼、多休息、保证充足的睡眠，而是要求你多花一些时间和所爱的人在一起，你会怎么想？我们很可能会感到震惊，甚至怀疑。

想到自身的健康时，很少有人会想到家人或朋友。其实，社会关系的质量对我们的身心健康有着巨大的影响，它是支持幸福的重要支柱。哈佛大学成人发展研究中心主任罗伯特·瓦尔丁格（Robert Waldinger）

在 TED[①] 演讲中分享了他的研究小组对美国成年人的终身研究成果，发现影响参与者幸福和健康的最重要决定因素是他们与家人、朋友和社区的关系。

从 1938 年开始，哈佛大学研究跟踪了两组男性的生活：第一组是当

① TED 是一个非营利性组织，旨在传播独特的思想来改变人们的生活态度，进而改变世界。TED 专门邀请各个领域前沿的创新者和实践家来做 18 分钟以内的演讲。——作者注

时就读于哈佛的大二学生，第二组是来自波士顿最贫困社区的人。在这些人的一生中，研究人员会发送调查问卷，亲自采访参与者，从医生那里获得他们的医疗记录，检测他们的血液和大脑，与他们的孩子交谈。结果，研究人员发现：财富、名望或事业并不是健康和幸福的主要决定因素。真正的决定性因素，是他们的人际关系质量。

类似的发现在世界其他地方也得到了印证。2015 年进行的一项荟萃分析研究[①]发现，在调查涉及的世界不同地区，孤独感和孤立感会增加当地人早期死亡的风险。还有证据表明，缺乏社交可能和肥胖一样，对人类健康有害——社交不仅对心理健康有好处，它也是影响我们身体健康的主要因素之一。

众所周知，日本的老年人热衷于参加社区活动。日本内阁府发布的《2018 年老龄化社会年度报告》显示，约有 70% 的 60~69 岁的老年人以及 50% 的 70 岁以上老年人都在从事某种社会活动，包括工作、参加志愿服务，或者参加某种课程的学习。谈到社区健康时，我们可能不会马上想到社交，但日本老年人积极参与社交可能是较高长寿率的关键因素之一。对日本爱知县居住的约 14000 名 65 岁及以上老人的健康数据分析发现，那些结过婚、与家人或朋友保持联系、参与社区团体或从事某种工作的人患认知障碍症的风险明显较低。其他研究也发现，与他人的亲

① 荟萃分析研究是一种统计学应用方法。通过这种方法，专家们得以对某一话题的所有研究进行整合评估。——作者注

近感对幸福感至关重要，并且是长寿和生活满意度的主要指标之一。

这就是我所说的关于终身健康的第四个支柱：社交。对许多人来说，要想健康长寿，需要有品质的饮食、有规律的锻炼和充足的睡眠——医生会告诉我们这些，健康课上能学到这些，随处可见的节食和健身广告也会告诉我们这些——但也不要忘记照顾好我们的人际关系。

不得不说，与他人建立真挚的情感和深厚的友谊对很多人来说是困难的。这是一个需要承认脆弱和敞开心扉的过程，不是每个人都天生具备这样的能力。对一些人来说，能够做到这一点需要很大的勇气，结识新朋友和结交亲密朋友并不是容易的事。

就我个人而言，小时候我因为太胖很难交到朋友。但事实并不是你想的那样，结交亲密朋友的最大障碍之一不是其他孩子对我很刻薄，而是我已经预设了一个信息：没有人想和胖子做朋友。

每个学期我不用打开老师写给家长的学期总结评语，就知道上面一定会写着："这个学生的课堂表现很好，就是有点太安静，总是害羞。"我从来不认为这是一件坏事，因为我在试图保护自己，将自己在社交场合的存在感降到最低。

当然，这种社交保护策略也有它的缺点。最主要的是：如果我不主动了解别人，就很难交到亲密的朋友。我很害怕被他人评价，所以我总是等着别人来接近我。当有人接近时，我会努力做到开心愉快和有礼貌，但即使是跟比较熟悉的人在一起，我也会保持一臂的距离。我认为这很好，友谊就应该是这样的，但后来我意识到那是一种非常孤独的感觉。

我曾深信能成为一个受欢迎的人将是我感到幸福的关键所在，但后来我慢慢了解到，建立一个强大的社交网络并不是为了广受欢迎——因为即便是在人群中，我们依然会感到孤独。仅仅是向外寻求友情，或拥有大量的朋友和亲人是不够的，强大而有益的社交网络建立在与他人真诚交流的基础上，如果没有正确的指引，试图建立这种联系的努力很容易会变得耗费时间、消耗精力，而且会变得越来越令人沮丧。

许多人认为，随着年龄的增长，我们自然会变得越来越善于交朋友。这大概是因为我们的社交技巧更高超了，但是，孤独感在成年人中依然非常普遍。2021 年发表的一项荟萃分析指出，从 1976 年到 2021 年，成年人的孤独感有增加的趋势。虽然在正常情况下，建立有意义的联系并不是很难，但自从 2020 年新型冠状病毒大流行以来，人们的孤独感在不断地增加。哈佛大学的“让关爱更普遍”项目小组在 2020 年 10 月进行了一项调查，发现 43% 的年轻人报告说自疫情暴发以来，孤独感有所增加；近 36% 的美国成年人总体上感到“非常孤独”。

如何在生活中建立有价值的情感关系呢？其实，外表和魅力对于建立非凡的情感联系根本就没什么关系，这与我小时候的想法正好相反。这并不像我最初想的那样需要什么技巧，不管你是外向还是内向，害羞还是大胆，通过在日常生活中实践以下四课的内容，我们每个人都能自然而然地与他人建立起真诚而不同凡响的情感关系。

每一课的内容都包含了我们可以随时随地实施的行为，并且适用于不同生活环境的任何人。所以请坚持读下去，因为这是我们幸福的最后一个支柱，也许会是最有影响力的支柱。

第十四课

学会问候和倾听

如何建立深厚而有意义的情感关系呢？先来问自己一个简单的问题：我们该怎样交朋友？这对于那些外向和自信的人来说是很容易做到的，但对害羞的人来说，这正是他们所面临的困难。想要结交朋友，我们必须善于交际、讨人喜欢，这与单纯的“受欢迎”不同，但从某种角度来说，受欢迎是打开交友之门的重要因素。

很多时候，当我们想让自己变得更讨人喜欢时，我们会理所当然地认为必须改变自己，其他人才会愿意和我们在一起。我们认为需要改变说话方式，对某些事情保持兴趣，积极参加运动，或者学着在人群中变得外向和有趣。我们以为自己需要更有魅力或者更聪明，穿着要给人留下深刻印象。然而，我们并不需要改变自己去适应他人，因为这会使我们失去建立真正深厚而有意义的情感联系的最终目标。我们不应该也不需要为了变得更讨人喜欢而刻意改变自己。我们仍然应该坚持做自己。

其实，想变得更善于交际、更讨人喜欢，比想象的要容易得多。我们不需要建立和完善沟通及社交技巧，也不需要学习任何特殊的行为方式。为了变得更讨人喜欢，有一件最基本的事，任何人都能做到，那就是：打招呼。

一句简单问候就能打开交流的大门

你每天都会使用哪些问候语？你常对人说“早上好”或者“晚上好”吗？你会说“我回来了”或“很高兴能与您合作”之类的话吗？你今天问候过谁吗？是在什么情况下问候的？

在日本，问候语被频繁地使用。人们除了打招呼或道别之外，在离开家之前要说“再见”，家人回来要表示欢迎，这些问候都是司空见惯的。开始吃饭之前，很多人会双手合十，说一句“我要开动了”，饭后通常会说“谢谢你做了如此美味的饭菜”来感谢做饭的人。

不仅是家人和亲密的朋友之间会互相问候，人们在学校、工作场所和公共领域也

很喜欢互相问候。如果你走进一家日本餐馆，一定会有人热情地大声欢迎你进门；当你参加商务会议时，也会有人鞠躬说“感谢光临”；离开商店时，你很难做到默默离开，因为店员一定会说“谢谢光临”或“很高兴见到您”来表示随时欢迎你再回来。

问候语在日本不仅流行，而且是生活的重要组成部分，人们从小就在学校接受相关教育，并经常在家中加强练习。在开始上课之前，学校通常会举行简短的晨会或早安仪式，公司通常也会在开始工作前举行类似的晨间起立，让每个人在上班前都互相问候。人们认为，保持并练习相互使用问候语是社会价值体系的重要组成部分。

日语的“问候”一词源自佛教禅宗，由两部分组成，意思分别是“推”和“近距离”。佛教禅宗语言学家将“问候”理解为一种衡量他人开悟程度和开明程度的方式，通过不断地交流和提问，了解他人并解读他人的行为。

“问候”就是指通过这种方式将自己呈现出来，或者说“推动”自己与他人更加亲近。虽然这是该词的根源，但随着时间的推移，在日本社会中，问候逐渐演变成了更加日常性的行为，成了能更好地与周围的人建立联系，并邀请他们与我们更亲近的工具。

挨：推

拶：近距离

挨拶：问候

我不会忘记第一个让我真正认识到日本式问候重要性的人。在纽约生活的时候，父母始终坚持让我接受部分日式教育，所以我参加了星期六的补习班。当时我的日语很不流利，这让我感到很尴尬，很快我就成了班里安静且不爱说话的女孩。我本来就不是外向的孩子，语言障碍让我更加不合群。刚去的时候，我几乎没有朋友，直到有一天，班上的一个女孩主动用一句简单的问候语接近了我，她说："你好啊！"

我被她的举动吓了一跳，但那个女孩笑了，所以我也对她报以微笑。这是我第一次真正被另一个人认可，并感受到了自己的存在。我认为自己特别不善于交际，但从那天起，每次见到她，我都会说一句简短的问候语——"你好啊！"这是一个简单、主动的问候，却让我觉得在补习班的日子愉快了很多。渐渐地，其他人也开始对我说"早上好"，我也会以同样的问候回答他们。随着时间的推移，我们的交流从"早上好"扩展到了交谈，后来可以肯定的是：我发现自己交到了一些朋友。

问候，在日常生活中似乎是一件微不足道的事情，但我逐渐明白了，问候其实有非常重要的作用。首先，它让我们确认另一个人的存在，我相信这是人类同理心的基础，也是我们要建立有意义情感联系必须做的、最基本的事情。当一个不认识的人意识到我们的存在，跟我们打招呼，或者当我们对别人这样做时，可能会改变彼此一整天的心情。当你和别人打招呼的时候，看到他们脸上露出的笑容是很令人愉快的事。

很重要的一点是：并不是说有意愿了解某人时才应该花时间去注意他，而是应该始终养成关注他人的习惯。这会让人们觉得自己很重要，唤起一种被关心和接纳的感觉。日本的老师和校长经常以身作则，每天早上站在学校门口，对每一个进入的学生说“早上好”。这种行为为整个社会定下了基调。每天早上来自一位熟悉、可靠的人的问候，可以让对方感觉到自己被关注。

其次，问候也是促进交流、建立友谊和链接的新开端。也许别人注意到你很擅长数学，因此可以放心地请你帮忙做一些相关的工作；或者你发现你们喜欢同一个乐团，并计划一起去看他们的下一场音乐会。

我上大学的第一天，经过一整天的收拾和整理后，房间有一段时间非常安静。时间尚早，还不到睡觉的时候，我却因为倒时差，不准备去参加迎接新生入学的聚会，所以去了公共盥洗室，准备洗漱睡觉。当时还有一个女孩正在洗脸，看来她也准备睡觉了。于是，我决定不打扰她，安静地开始刷牙。

这时她注意到了我。她带着满脸湿漉漉的肥皂沫转向我，对我咧嘴一笑。“嗨，很高兴认识你！我的房间号是321，我叫凯拉。”我试着报以微笑，但我的嘴里满是牙膏沫，最后我语无伦次地说了些自己也听不清的东西。一个脸上满是肥皂水，另一个嘴里流着牙膏沫，这绝对不是什么得体的自我介绍场景，但我们俩都笑了。后来我发现，我们报了一门共同的课，于是整个学期我们都坐在一起。她至今仍是我最亲密的朋友之一。

当你与他人交往的大门缓缓地打开时，结交朋友就变得容易多了。我们永远都无法知道每一次新的交流会给我们带来什么。

最后，问候能够让我们对他人敞开心扉。我们可能不知道别人在想什么，或者他们之前的这一天过得怎样，但问候能让我们超越自我，开始真正地对别人感兴趣，而不再是专注于如何让别人对我们感兴趣。它缓解了想要给他人留下好印象的压力，反而为真正的好奇心创造了空间。其实我们在生活中遇到的人最初都是陌生人，但没有人会一直是陌生人。即使年龄、性别、文化或一些不太明显的元素造成了彼此之间的隔阂，但通过一句简单的问候打开交流之门，我们将会发现自己与周围的人越来越亲近。

倾听的艺术

虽然随意的一句问候就能打开交流的大门，但有意义的情感关系最终是通过有意义的对话建立起来的。这并不意味着一定要谈论深刻或严肃的话题，而是要以一种真诚的方式来交谈，彼此要互相尊重——简单地说，这就是关于倾听的艺术。

倾听，不仅仅是听到词汇和理解对方所说的意思，有技巧的倾听者能够把倾听作为一种交流的方式。“认真倾听”意味着要用你所有的感官去听，它要求聆听者对对方所分享的信息表现出高度的专注。

通常，当一个人正在专注地听对方说话的时候，应该表现得很安静，但是在日本人的谈话中，听的人经常会在整个过程中插话，无论是用语言还是做动作。他们可能会点头，或在交流期间插上几个“是的，是的”或者“不，不”，又或者说一句“我明白了”。

这些行为看似毫无意义，通常是出于本能而不是刻意为之，但它们的目的是一样的：这是一种交流的形式。

这种交流方式在日语中被称为“迎合”，是谈话时向说话者表明自己正在注意倾听的行为。从字面上翻译，迎合（日语为“相槌”）的意思是“相互锤击”，指的是制造武士刀的铁匠大师与弟子之间来回捶打刀具的动作。在传授刀的铸造技艺时，师父和徒弟轮流用木槌敲打刀，相互调整对方的击打痕迹，并调整节奏以保持和谐一致。两者必须共同参与，因为只有双方保持一致，才能锻造出有意义的东西——就像一场对话一样。

迎合表明了谈话需要双方的参与才有意义。它的目的是让对方感到轻松，确信自己被理解了，因为倾听的艺术不仅仅是要倾听，更是要参与和融入这种交流。

当然，这并不是说我们应该频繁地点头或插话，特别是当文化习惯不同的时候。重要的是，意识到如何向他人展示和发出信号，表明我们正积极地与他们在一起。你的肢体语言说明了什么？你是如何表现出回应的？无论是眼神接触、触摸、微笑，还是偶尔肯定地说“我明白了”。通过积极倾听的艺术，我们不仅能够更好地理解别人在说什么，而且能够与他们更加亲近。

日本人认为有两种不同类型的听。第一种是简单地听，即你可以理解别人说的话，并能重复出来。这就是汉字的“闻”，其中包括表示“耳”的字符。第二种听，是汉字里的“聴（听）”，包括了“心”的字符，有“心之所系”的意思。日语在描述听音乐或听讲座时会使用这个汉字，因为它意味着不只在听东西，更是在积极倾听并寻求理解。这种形式下，我们不仅要听到声音，而且还要积极地融入所说的内容中去。

社交能力不是只有益于善于社交的人或乐于分享的人，它是任何人都需要的一种艺术。我们不需要改变自己去讨别人喜欢，但确实需要主动地去与周围的人交往，这就像打招呼一样简单。一旦对话的大门打开，我们就可以通过磨炼积极倾听的技巧来促进有意义的互动。

这就是为建立有意义的情感联系播下的种子，以及建立能在未来为我们服务的社交领域的方法。我们不需要改变自己的穿着、谈吐或兴趣，也不需要与周围的人保持一致。通过做真实的自己并对未知和交流持开放的态度，就能吸引志同道合的人和有相同价值观的人，最终使之成为相处愉快的朋友。每一段有意义的关系都是从一个很简单的点开始的。

我们必须做好心理准备：可能不是每一次互动都会发展成亲密关系，但这并不要紧。即使是“泛泛之交”，或者是一些随机认识的人组成的关系网络，也能与积极的社交关系和情感健康相关联。有证据表明，拥有的朋友越多，快乐就越多。

2014 年发表的一项研究表明，一个人在社交圈中拥有的泛泛之交越多，他们的幸福感和安全感就越高。不论对方是邮递员，还是附近杂货店的店员，随意的关系并不等于没有意义的关系，不应该低估这些关系对我们幸福感的影响。

最美好的情况是：一个问候就能把我们带到一个美丽的地方。即使这并不是一段有意义的情感关系的开始，我们也不会因为一个问候而失去任何东西——至少有可能会让别人快乐一整天。所以，试着去和别人打招呼，并向他们敞开心扉吧！你将会从倾听中收获到更多的自信。

TAKO-SAN WIENER

章鱼红香肠（2 人份）

小时候我是一个相当害羞的人，但我发现把有趣的日式食品带去学校是跟大家产生交流的好方法。可爱且易于制作的章鱼红香肠是日本很受欢迎的便当食物，可以让任何一顿平淡无奇的午餐变成可以与他人交流的愉快场合。所以，如果你正在寻找一个有趣的开场白，想与你的朋友或同事进行交流，你可以不用再找了！

配料 Ingredients

- 4 个迷你红香肠
- 8 颗黑芝麻，用来做章鱼的眼睛

基本工具 Essential Tools

- 牙签

烹饪说明 Instructions

1. 烧开一小锅水。
2. 等待水沸腾时，用刀小心地在红香肠的一端切一个十字形的切口。使红香肠的一端看起来像是有四条章鱼“腿”。
3. 将已经切好的“四条腿”再次切分，做成拥有八条粗细均匀的“腿”的章鱼。
4. 将红香肠放进水中煮 30 秒至 1 分钟，直到末端的“八条腿”像章鱼的触角一样舒展开。
5. 用牙签在热狗肠的另一端戳出两个小孔，用来安装眼睛。
6. 将黑芝麻嵌入小孔中作为眼睛。
7. 可以开动了！

第十五课
建立亲密关系

想想你最亲近的人是谁？他可以是家庭成员，可以是朋友，也可以是一位导师。想想他为什么对你很重要，为什么你们能相处得那么融洽？他做了什么，或是说了什么与其他人不同的话？你和他的关系与你和其他人的关系有何不同？最重要的是，你会把这个人描述成一个能理解你的人，或者是“最懂你的人”吗？找到这个人是需要经过深思熟虑的。

那些彼此理解的时刻

我认为，使得亲密关系诞生的，正是那些彼此理解的时刻。我有一位最亲密的朋友，在成为好朋友之前，我已经认识她好几年了。她风趣又善良，我们有几个共同的朋友，但一直都只是同学关系。我们有时会

为了准备考试而交换笔记，或者偶尔在吃午饭的时候坐在一起，但互动一直都是很随意的。

我们关系的改变发生在这样一天：当我准备去上体育课的时候，突然发现忘了带运动服。当时离上课只有10分钟了，我着急地在更衣室里来回乱窜，想看看有没有人把运动服落在失物招领处，这样我就可以用它们暂时解决一下问题。在一阵手忙脚乱的搜寻之后，我找到了一件汗津津的亮黄色T恤和一条大号的红色篮球短裤，可这并没有带来多少安慰——我已经可以想象出我穿着这身衣服会有多难看。另外，一想到要穿着别人汗津津的T恤，我就一阵恶心。

也许是我的沉默和痛苦的表情泄露了秘密，那位朋友过来问我是不是有什么问题。

“哎，是啊，我忘了带运动服。”

她低头看了看我手里的T恤和短裤，然后抬头看着我。

“哦，如果你不介意的话，我正好有一套多余的衣服。只是我没有多余的袜子。”

我的反应有点儿吓到她了：我从没想过会在她面前笑得那么厉害。我由衷地感谢她帮助了我，这样我就不必穿得像麦当劳的店员一样了。

一想到那个尴尬的场景，我俩一起咯咯地笑了起来。

从那个时候起，我就知道我要做她的好朋友。

我相信大多数人都同意：建立有意义的情感联系是需要经过深思熟虑的。我们会跟那些关注我们需求的人越来越亲近。有时候我们不太愿意说出自己的问题，但他们也能表现出关心。他们会在你出门上班的路上递给你一杯热咖啡；把你从尴尬的交谈中解救出来；或者，即使你什么都没说，他们也能发现你需要帮助。我们会对那些能读懂我们的需求并采取行动的人心存感激，并愿意与他们更加亲近。换句话就是：我们与理解自己的人会越来越亲近。

很多人没有停下来仔细思考这样一件事：得到理解其实不是被动发生的，而是一个人主动尝试去理解另一个人。它要求我们关注别人、留心别人而非自己。虽然理解与自己相似的人往往更容易，但当我们想要具备同理心时，也可以学会关注那些与我们有着不同价值观和视角的人的需求。体贴并不一定要有同理心，但若能够运用同理心来体贴他人，就能够理解他们。体贴不仅仅是一种善良的行为，也是让我们因为理解而与他人更亲近的行为。

同理心是与他人建立牢固关系的关键

我曾经犯过一个小错误，这让我学到了很重要的一课。一个周末，我烤了很多巧克力玛芬蛋糕，妈妈建议我送一些蛋糕给我们的日本邻居。这是一个做好事的机会，我当天下午就把蛋糕装进特百惠牌保鲜盒，送到了邻居家。他们看起来很高兴，我也因为这个小小的举动而感到很开心。

但令我惊讶的是，几天后我回到妈妈家，妈妈一脸不满地指责我："你为什么用特百惠的保鲜盒装蛋糕送人？"

我结结巴巴地说那是我们唯一干净的容器。我不明白这有什么不对的，因为我认为我做得非常得体。妈妈叹了口气，摇了摇头，解释说："我们不能用特百惠盒子装食物送人。"我心想：这有什么不对的？

在日本，把空容器还给别人会被认为是很粗鲁的行为，随着时间的推移，这已经成了一种不成文的规矩：还给别人容器时，一定要回赠一

些其他的礼物，这种行为被称为“回馈”。考虑到这一点，特别体贴的送礼者在给别人送食物时都会使用一次性容器，这样受礼者就不会有回馈的压力了。妈妈第一次告诉我这件事的时候，我觉得很可笑，如果对方不这样想，这种压力不就不存在了吗？但事实证明我错了——几天后，我看到特百惠的保鲜盒放在桌上，里面装满了布朗尼蛋糕。

用一次性容器赠送食物，是为了让对方知道，他们可以欣然接受这份礼物而没有回馈的义务。这是一种体贴的行为，不仅仅是要表达善意，还从同理心的角度出发，表达对他人需求的关注。这种递进式的考虑方式有时候可能会让人觉得有点夸张，但就在这一刻，我意识到自己是多么幸运，因为我们所处的社会环境不仅提倡做好事不求回报，而且还要做好事不使别人感到亏欠。这种价值观不仅在我所住的公寓楼里被认同，在整个日本社会也被认为是一种常识。

这一点很重要。无论多么大度，有时我们做好事也不是不求回报的！我们是不是经常会琢磨：上次是我负责洗的衣服，现在是不是该轮到你洗了？这样的想法只会造成对方对无端而来的义务产生怨恨，而我们也会因为期望没有得到满足产生挫败感。痛苦不仅会使人衰老，而且当我们把善行当作交换条件时，我们也失去了原本应该得到的最有价值的东西。

如此细致地考虑他人的感受，看起来是一件乏味的事情，用特百惠的保鲜盒送礼物似乎也没多重要。但是，这种潜在的同理心，已经超越了事情表面的意义，这才是与他人建立牢固关系的关键。这种程度的体贴有助于我们学会互相理解，并能建立起一种非常自然的关系，甚至不需要过多的语言交流。虽然有时候我们喜欢将“理解”视为一种直觉和内在的联系，但实际上，建立这种理解需要花费时间，需要通过积极地体会别人的感受才能达到。

“体贴”这个词通常用来描述关心和理解他人，强调设身处地为他人着想的重要性。更进一步来说，这不仅仅是要在情感上同情某人，还要

预测他们的需求，并在他们提出需要之前满足他们。这是一种迫使我们反思的行为：要做些什么，才能让别人的生活更愉快？

虽然建立持久的关系需要花费时间，但并不需要等着他人与我们亲近时才能得到体贴的好处。当我们为他人做好事时，就已经得到了好处。利他主义的行为和情感，已经被证明与施予者的幸福和健康呈正相关。一些研究甚至表明，提供社会支持有助于延年益寿，减少身体疼痛。在一项研究中，利他行为的参与者比其他受试者的血压更低，这种现象与同期内开始锻炼或摄入健康饮食所能达到的效果相似。即使体贴他人的行为没有得到回报，只要我们伸出援手，就能有所收获。

体贴是用心为他人服务的行为。在你生活的任何地方都可以见到这样的人或事：邀请独自坐着的人和你一起吃午饭。当别人正经历困难时，为他们做一顿饭菜，给他们一个惊喜。就算是在火车上保持安静、以免打扰其他乘客这样的小事，也都是你在用心为他人服务的表现。

用心为他人服务，不仅仅是为了让他人的生活更轻松，也是为了让他人在情感上感觉更好。

这种为别人做一些慷慨的事情而不求回报的行为，会让我们获得更多的信任。但若是为了换取他人的商品和服务而做的行为，就无法产生有意义的情感联系。用心做好事，不求回报，才是建立亲密关系的根本。

首先要表达出同理心，才能与他人建立起有意义的情感联系。这种行为不仅仅是为了表达善意，也是为了更进一步将善意与他人的需求和感受相结合。想要与他人建立越来越亲密的关系，就要花时间去了解他们，并努力思考：怎样才能让他们的生活更愉快？

这就需要我们有利他主义的思想，或者说，在行事上要让对方不必对你的慷慨有感激之情。无论是让别人更高兴、更舒服还是更自信，通过利用共情能力来提升别人的感受，都是与他人产生更紧密联系的方式。虽然我们有时可能也会希望他们能以信任和理解来回报我们，但情感交换并不是打破感情壁垒的方法。信任不是通过交易得到的，而是运用换位思考。最终，我们也会找到愿意学着“理解我们”的人。

STRAWBERRY *DAIFUKU*

草莓大福 （4 人份）

无论是想感谢你的邻居或朋友，还是想表示一下心意，送一份甜点总是很贴心的。草莓大福是一款制作相对简单、快速，不易引起过敏的素食，是与他人分享的完美选择。这款甜点不需要使用烤箱或炉灶，所以即使你没有这些设备，也仍然可以制作。

配料 Ingredients

- 新鲜草莓 8 颗，去蒂
- 甜豆沙馅 250 克
- 白玉粉或糯米粉 110 克
- 白糖 40 克
- 温水 130 毫升
- 马铃薯淀粉备用

烹饪说明 Instructions

1. 清理出一块较大的工作区域，或者准备几个大一些的盘子。用手揉出 8 颗红豆馅小球。用手掌或勺子轻轻将其压扁成饼，每个豆沙小饼大约 0.5 厘米厚。
2. 用红豆沙小饼将草莓轻轻包裹起来，要完全包裹。
3. 将白玉粉或糯米粉、糖和水倒入微波炉专用碗中，盖上盖子，微波炉调至 600 瓦，加热 2~2.5 分钟。
4. 将碗中的混合物揉成团。盖上盖子，再用微波炉 600 瓦加热 1~1.5 分钟。
5. 再次揉和面团，直到水、粉均匀。放置一旁备用。
6. 手上、案板上均匀地撒一些土豆淀粉，将面团平铺在案板上，面饼的厚度大约为 0.5 厘米。用刀切成 8 等份。（如果面团温度太低，会变得很难操作，所以请保持面团温热。）

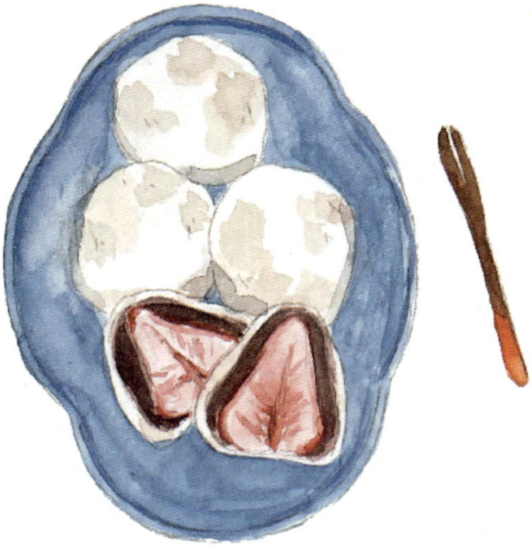

7. 用手将面团捏成圆形的皮。（确保你的手和案板上都有足够的土豆淀粉覆盖，以防粘手。）
8. 用白玉粉面皮包裹之前做好的红豆、草莓馅。包好的大福放进冰箱冷藏至少 15 分钟，使其形状稳定。
9. 可以享用美食了！

第十六课

维护人际关系

生活中的遗憾之一，莫过于遇到一个有兴趣了解你、愿意敞开心扉并为此感到兴奋的人时，却错过了培养这段感情的机会。就像所有的生物一样，一段感情也是有生命的，必须被呵护、被鼓励才能成长。虽然随着时间的推移，最宝贵的关系最终会变得水到渠成，但这种稳定是时间和精力的结果，在一段新关系的萌芽阶段，我们应该准备好主动地照料和看顾它。

听起来像是一件苦差事，但维护人际关系其实并不复杂，也不困难。因为不仅要和那些我们愿意花更多时间在一起的人建立关系，也要和那些愿意花更多时间和我们在一起的人建立关系——如果这两个指标都达到了，那么能够为他人腾出时间、投入精力，就会成为令人兴奋和期待的事情。维护一段关系，最有效的方法之一就是与他人分享经验。

“一个人吃饭，就算是海鲷也难以下咽”

日本有一句谚语：“一个人吃饭，就算是海鲷也难以下咽。”在日本，海鲷是只有在重要场合才会被享用的珍馐美味。这句谚语的意思是，在最值得庆祝的场合，如果只有独自一人庆祝，会觉得索然无味；有其他人分享这份快乐，才能使这件事变得有意义。

这不仅仅是一句谚语。分享食物的确是建立有意义情感的有效方式，并且已经被证实对人的身心健康大有益处。在 2018 年发表的一项荟萃分析中，研究人员发现，不管是什么年龄、来自哪个国家、处于什么样的家庭结构或社会经济群体，经常与家人一起吃饭的儿童与更好的营养健康水平之间存在显著的正相关。无论他们是贫穷还是富有，是在普通家庭还是在单亲家庭中长大，如果他们与家人一起吃饭，他们在以后的生活中更有可能健康茁壮。

2010 年的一项类似的研究也发现，在家庭互动性良好的就餐环境中长大的孩子心理更健康。不仅是孩子们可以受益，花更多的时间和他人一起吃饭，对任何年龄的人都有好处。2017 年发表的一项研究表明，社交性聚餐会让人感到更快乐、更满意，更能融入自己的社交圈。研究人员还发现，社交性聚餐更有助于心理健康，而不是有害。

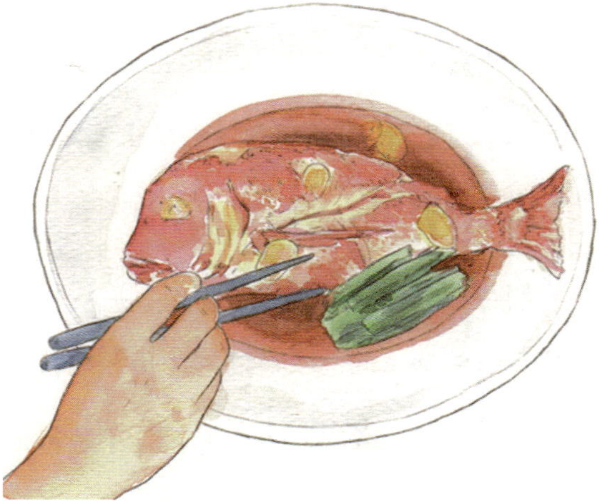

其实并不需要通过这些研究来了解食物和用餐时间在社会生活中的重要作用。我们从小就知道食物不仅仅是能量，也是与他人联系的关键部分。每当节日来临时，我们会用丰盛的饭菜和高热量的蛋糕来庆祝。出去和朋友们一起游玩，往往也离不开食物和饮料的加持。在任何国家、任何时代，大多数庆祝活动、节日、兴趣爱好，以及与亲朋好友之间的娱乐活动，都会涉及食物。这是一个与他人更亲近的极佳方式，并培养了我们的人际关系。

让礼物代替我说:“嘿，我在想你！”

分享食物是练习分享的一种常见方式，但“分享”并不总是需要花时间与别人在一起。也有其他的方式可以帮助我们实现这种意图，一种非常流行的方法就是送礼物。

赠送礼物的习俗在许多不同国家普遍存在，但送礼在日本被运用得极其广泛：人们不仅是在婚礼和生日等特殊场合送礼，还会为了表示欣赏和感激，或者仅仅是为了与另一个人分享自己的经历而赠送礼物。

“纪念品”一词在很多日本人看来并不是简单的购买与留念行为，而是与他人建立关系的重要文化组成部分。与西方文化不同，日本人购买纪念品并不是因为到了不同的国家或城市留作纪念，而是为他人所做的事情。

赠送纪念品的传统习俗可以追溯到几个世纪前。人们走了长长的路去寺庙祈祷，回家的时候会带回一些礼物，用来告诉家人他们已经成功到达了目的地，并分享他们的经历和经验。因为对当时的人们来说，旅行是一件既不容易也不安全的事，不是每个家庭成员都能去，但每个家庭都会有一位代表去经历这种旅行。

最初的纪念品主要是寺庙里的物品，随着人们的出行越来越频繁，寺庙开始出售当地特产，以满足人们日益增长的需求。于是，纪念品最终演变为本地食品、手工艺品和特产。虽然旅行不再是仅仅为了祭祀祈福，但今天的纪念品仍然包含着“希望与当时无法在一起的人分享经历”

的意义。不管是为了感谢替你扛下重担的同事，还是为了安慰不能一起去旅行的家人，纪念品都是为了让别人知道：即使他们当时不在你身边，也在你的心里。

诚然，纪念品并不能取代与他人共度的美好时光，但当不能与感激的人在一起时，它至少给了我们一个机会来谈论所见所闻，分享听到的故事。这是与他人共享美好记忆的一种简单方式，让对方知道他们正以这种方式被惦记着，可以帮助我们营造即时的归属感，并加强彼此之间的联系。

小小的举动可以大大地增加我们与他人的亲密感，就好像是在对别人说：嘿，我在想你！

记得我很小的时候，爸爸去中国台湾出差。当时我年龄太小了，不明白他为什么要离开，觉得自己被忽视了。爸爸因为何事出差并不是我要讲述的故事，但我现在能记得的是——他回来的时候，送给我一个用粉红色毛毡做的兔子形状的卡片盒。在送给我礼物的时候，他还讲了他看到了什么，吃了什么，以及中国台湾与日本和美国有什么不同，甚至描述了他给我买礼物时那个拥挤的小摊。我没有感到嫉妒或沮丧，而是因为得到了可爱的礼物而非常兴奋。我很高兴他回到了我身边，也很高兴他去旅行。让我开心的不是卡片盒，我根本没有卡片需要放进去。最让我开心的是，他不在家的时候还想着我，这让他在中国台湾的日子好像是我们共同拥有的经历。

重要的并不是纪念品本身，而是纪念品背后的意图——那个人虽然没有在场，但他被惦记着。纪念品可以是实物，但其意图也可以通过发送照片、短信，或者我们读到的有趣的文章来实现，甚至还可以是彼此心领神会的一句暗语。小小的举动可以大大地增加我们与他人的亲密感，就好像在对别人说："嘿，我在想你！"

与他人分享经历对于建立信任来说是很重要的。当我们忘记或忽略了让他人参与生活，我们之间的关系会随着时间的推移而逐渐减弱。对于信任和亲密度还没有培养好的新关系来说尤其如此，如果没有表现出

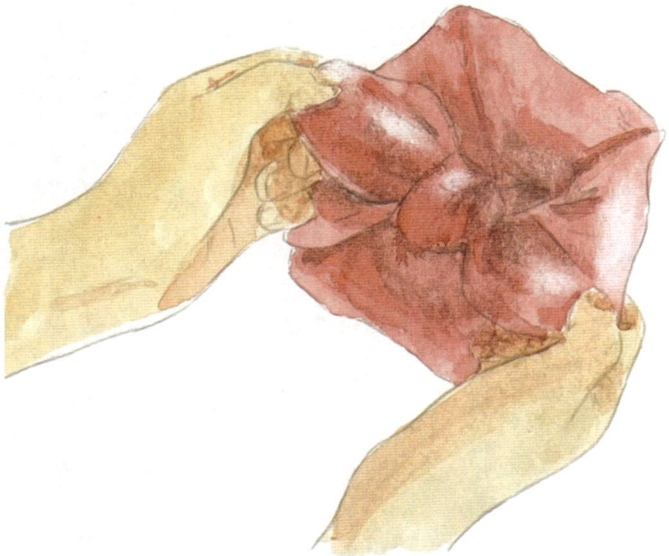

对他人参与的足够重视，即使是最珍贵的关系也会遇到失败的结局。我们需要为关心的人腾出时间，与他们交流，并致力于维护彼此的关系。

如果可以和周围的人共度美好时光，和关心的人分享美好回忆，那是最好的事。即使我们受到时间或空间的限制，不能与他们在一起，至少可以通过礼物告诉他们，他们仍然在我们心中，是我们生活的一部分。重要的不是做了什么或分享了什么，而是简单地让对方知道，他们的存在是我们的幸运和喜悦。

JAPANESE NABEMONO

寿喜锅（2人份）

寿喜锅是冬季最受欢迎的菜肴之一，也可以说是你能吃到的最完美的饮食方式之一。它不仅非常健康（因为食材主要是蔬菜），同时也是能很自然地使人们围坐在一起的就餐方式。

寿喜锅需要准备的物品很少，可以边吃边做。即使你没有太多时间和精力，或者在懒散的日子里，仍然可以很容易地吃起来。打开火锅专用炉，将昆布鲣鱼高汤料和热水加入锅中煮沸，和家人朋友一起在锅里涮煮你们的食物吧！

基本工具 Essential Tools

- 便携式燃气灶或火锅专用炉
- 大号砂锅

配料 Ingredients

- 基本款昆布鲣鱼高汤或海带日式高汤
- 切成薄片的猪肉或牛肉 400 克

- 蔬菜（洗净、切好）：
  - 大白菜
  - 韭菜
  - 胡萝卜
  - 蘑菇（金针菇、香菇或菌类拼盘）
  - 菠菜
- 其他：豆腐、麻糬年糕或乌冬面

烹饪说明 Instructions

1. 把便携式火锅专用炉放在桌子上，把砂锅放在炉子上。按照指示将日式高汤倒入锅中，大火加热。
2. 日式高汤沸腾后调成中小火炖煮，根据个人喜好加入切好的蔬菜、肉和面条。
3. 与朋友、家人一起分享吧！

第十七课
让自我安静下来

在寻找、建立和培养有意义的人际关系的艺术中，你可能已经注意到了一条贯穿所有课程的潜在原则：不要专注于别人能为我们做什么，而是我们如何不求回报地为他人服务。这并不意味着我们不能有界限，或者我们应该在那些并不欣赏我们的人身上投入更多的精力，但是通过把注意力放在别人身上而不是自己身上，我们建立了自信，相信合适的人会选择我们，而不是害怕自己有什么地方需要改善。关注他人不仅有益于他人，也建立了我们的自尊。

为了他人而放下自我是日本社会一条非常宝贵的原则，2018 年世界杯期间日本民众的表现极其有效地证实了这一原则。那一年的 6 月，对日本球迷来说是一段激动人心的日子，日本队在第一场比赛中以 2∶1 的比分战胜了哥伦比亚队。这是日本队在那一届杯赛中首次战胜南美国家的球队。然而，当天登上国际新闻头条的并不是日本足球队，而是体育场内的日本球迷，而且原因与比赛结果完全无关——日本球迷在离开体育场时，一丝不苟地打扫自己所在的那一排的座位，这让全世界都震惊了。

日本球迷自带垃圾袋，赛后可以看到他们在捡垃圾。这并不是日本球迷第一次被看到在比赛结束后这样做，但因为这是在一场具有历史意义的获胜之后，而且是在俄罗斯的一座体育场，那里的观众几乎没有这种习惯，所以很多人都感到惊讶。球迷们没有冲出去和其他人一起庆祝，而是留下来清理现场。是什么吸引了这群人这样做呢？也许是因为在赢得一场备受瞩目的比赛后，我们往往会感到更自信，因此希望表现得更谦和有礼。当我们感到快乐的时候，我们更愿意对周围的人表达友善，也有足够的情感包容度去体贴别人。

但在随后的比赛中，日本队在与比利时队的比赛中输得很悲惨。日本队本来以 2∶0 领先，但在比赛还剩 25 分钟时却被比利时队 3∶2 反超。在输掉了一场万众期待的比赛后，你认为球迷们会感到沮丧、懊恼，甚至愤怒，于是乎，清理球场就成了他们最不关心的事情。然而，日本球迷抛开了个人感情，仍然聚在一起清理球场。当他们离开体育场时，那里干净得就像他们没有来过一样。

把自己看作是自己头脑中更伟大的事物的一部分，你就可以得到情感的自由。

日本球迷和球员在这场比赛后有什么感受？输球后感到沮丧是很正常的，但令人惊讶的是，赛后的清理工作却让许多人能够带着截然不同的心情离开球场。他们对失利感到沮丧，但当意识到参与世界杯是比比赛胜利更大的目标时，他们中的许多人能够在情感上超越失利。

在经历了如此令人惊讶的失败后，很难想象人们会感到自豪。但是，通过转移关注点，我们可以重塑自己对于惊讶的感受。

这只是一个例子，告诉我们如果能够把自我的重要性和自尊放在一边，就可以恢复信心，减少被负面情绪的操纵。这并不是指要小看自我，而是通过把自己看作比你自己头脑中的东西更伟大的事物的一部分，你就可以通过更大的视角找到情感的自由和控制。

美国文化往往崇尚每个人所具有的独特性，而日本文化却走向了相反的方向，它的价值观更注重一个人对更大的社区做出贡献的能力。许多人被教导要成为一个有用的人、一个可以合作的人或其他人可以依赖的人，而不是渴望成为特殊或杰出的人。美国人可以很快地指出集体主义文化的缺陷——我理解并同意集体主义文化确实有缺点——但作为一个支持更大整体而不是个人的社会的一部分，会有更大的优势。

让小我安静下来，把大众的幸福置于个人之上

对我自己来说，在我的生命中有两个特别的时刻，使我能对自我的平静感到极度感激。

第一次是 2011 年 3 月 11 日福岛地震时，当时我在日本。我记得那一天，就像美国人记得“9·11”一样。我在学校里，离最后一节课结束只有几分钟了，这时整栋楼开始摇晃。地震在日本很常见，所以一开始没有人把它当回事，我缓慢而笨拙地钻进对我来说有些太小的桌子下面，但地震突然变得强大而剧烈起来，以至于在第一次地震停止后，老师们看起来都很担心，每个人都很困惑。

我掏出手机，试图联系我的家人或查看新闻，但由于全国的每个人都在试图这么做，所以手机和互联网连接很快就失去了作用，联系不上

任何人。从学校回家通常只需要半个小时，但那天我记得由于交通拥堵，我在公共汽车上坐了六个多小时。整座城市陷入了混乱。

我最终回到家和家人团聚了。看新闻的时候，我才知道了事情的严重性。屏幕上的头条新闻是：一场强烈的地震，引发了席卷城市的凶猛海啸，一座核电站因此熔毁了。对我来说，在日本的生活一直是非常安全和舒适的，但突然间，我所有关于稳定的信念被连根拔起并受到质疑。学校暂时停课，我的很多朋友都离开了日本，而我因为担心辐射中毒不敢离开家。空气中弥漫着太多的偏执和恐惧。

你可能会认为，由于这种恐惧，一些人可能会试图利用这场危机。也许人们会开始抢劫、破坏公物，各种形式的犯罪上升，这并非闻所未闻。有时人们会哄抬水或卫生纸等必需品的价格，有些人可能会大量囤积这些物品，这意味着其他人可能无法获得它们。在危机时期，人们只考虑自己的需要是很常见的，这也是可以理解的。但令我非常惊讶的是：3 月 11 日之后，我所假想的、广泛的暴力事件从来没有发生——确实会有零星案件发生在这里或者那里，但总体上没有抢劫，没有犯罪急剧增加，也没有大破坏。事实上，有好几个星期，东京都是非常安静和阴沉的。

这是我第一次了解到“自肃”这个词。“自肃”的定义很宽泛，它是一种克制奢侈和庆祝的做法，考虑到其他人正在经历困难，每个人都应该自我克制、自愿克制。“自肃”不仅是为了地震中的遇难者，也是为了志愿者和工作人员，他们不辞辛苦地重建家园，清理放射性废物。当时大家的想法是：即便不能直接提供帮助，至少应该克制自己，减少外出、耐心等待，直到尘埃落定。

春天是日本人最喜爱的季节，因为这是学生们毕业的季节；是应届毕业生开始走上工作岗位的季节；也是天气回暖，迎接樱花节和一些活动的季节。

春天常常与欢乐和有趣联系在一起，但那一年，许多重大活动都被取消或推迟。这并不是永久性的，最终社会将重新开放，商业也会恢复正常，但我会永远记得这么多的人是如何站在国家层面，走到一起表示支持的。所有的恐惧和不确定性并没有使日本社会相互对立——富人不会在此期间举办奢侈的聚会，鲁莽的人们也没有利用他人的不幸去抢劫或狂欢。大家同心，都留在家里，为着他人的原因而保持安静。

灾难造成房屋损坏和损失的经历会使得人们患精神疾病的风险增加，但 2017 年发表的一项研究发现，我们的社会联系可以帮助减弱这种关联。2011 年在地震和海啸灾难中失去家园的人，如果生活在有强大社会网络的社区中，他们与那些在社会中没有那么多社会参与机会的人相比，在以后的生活中患阿尔茨海默病的可能性更小。研究发现，即使是拜访邻居这样随意而平凡的社交活动，也能降低患阿尔茨海默病的风险。由此可见，支持和感受到支持对人们的健康至关重要。

当我们让小我安静下来，把团体的幸福置于个人之上时，我们都会受益。

我第二次感恩日本的集体主义价值观，是在 2020 年出现新型冠状病毒大流行的时候。那种感觉和 2011 年地震时非常相似：学校停课，毕业典礼被取消，年度庆典被取消，大多数人最终只能在家里度过春节假期。这一次，个人坚持这些行动的意义更加重要，因为“自肃”直接涉及防止病毒的传播，以此来保护免疫功能低下和处于危险中的人的生命。待在家里既不方便也不好玩，但就像 2011 年一样，每个人都在尽职尽责。

这一切都是值得的。截至 2022 年 5 月，日本每百万人死于新型冠状病毒的人数为 233.19 人。相比之下，美国为每百万人死亡 2995.28 人，英国为每百万人死亡 2574.71 人。我并不是要对其他国家或文化进行评价，但我在日本的所见所闻向我证明，新型冠状病毒被有效地抑制了。

当我们让小我安静下来，把大众的幸福置于个人之上时，我们都会受益。能够在更大的视角中看到我们的角色和我们对他人福祉的影响，使我们能够与我们的社会建立起更有意义的联系，这反过来也会保护和服务于我们的健康。

虽然我喜欢并欣赏美国在我的成长过程中所带给我的尊重自我和表达自我的价值观，但自我的重要性并不是我们获得自豪感和自信心的唯一方式。有时候，专注于我们能为他人做些什么，也会增加我们的幸福感。

舍弃小我可能并不总是一件容易的事，因为自我是我们生存的本能形式，但是，如果能够摆脱对自我重要性的过度重视，也可以给我们带来快乐，并改善我们的生活。

我们不需要将其复杂化，也不需要被这种努力吓倒。我们所要做的就是从这个问题开始学习：我现在对我周围的社会有什么影响？哪些小的行为是我们能够饶益和帮助他人的？比如收拾好自己的物品，关注我们的邻居，或者有时候只是待在家里，就能对他人都有好处。

营养

运动

休息

社交

结　语

WA –THE ART OF BALANCE

健康生活关乎自由和可能性
而不是限制或束缚

我必须承认，我的生活并不符合最佳健康生活应该有的样子。我有时睡得比较晚，或者连续几个晚上都在吃冰激凌；工作忙的时候，我会在办公桌前一坐就是一天，完全忘记了伸展身体；有时我会一整天都不出门，有时还会吃很多肉，或躺在沙发上盯着手机看很长时间。

但是，能包容这些“不健康”的习惯，恰恰是我能过上健康生活的原因。完全不允许自己与不健康的生活接触，就是把自己当成了一台电脑，而不是一个人。

花点时间来思考一下，具体的“健康生活”对你意味着什么。你的生活会是什么样子？你会花时间做什么，想什么？对于大多数人来说，我们希望健康的自己不会过分关注细节，比如跟踪燃烧的卡路里，或者

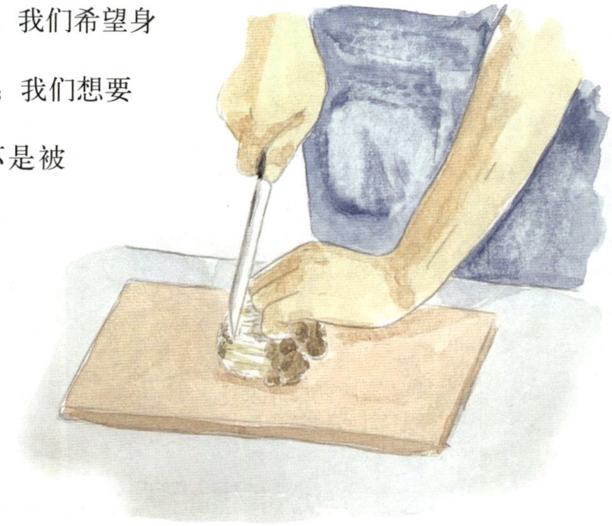

为健康前景感到焦虑或担忧。我们希望身体强壮，但也希望心理平和；我们想要得到满足，得到勇气，而不是被身体和思想所限制。

当我们以这种方式思考健康时，很快就会意识到，良好的健康不仅仅是吃蔬菜、定期锻炼、在合理的时间睡觉和花时间与大自然相处，而是在更高的层面上关注健康，这样才能以对我们来说最有意义的方式去探索这个世界。

我们想和所爱的人一起享受美好时光，通过旅行了解更多不同的文化和生活方式；我们想要探索和冒险，不被健康状况所束缚，并有精力对感兴趣的事情展现好奇；我们想和亲密的朋友一起品佳肴、饮琼浆。但要做到这些事情，我们需要意识到，有时必须甘心情愿地做“不健康”的事情，比如偶尔享受一份甜点，吃点油炸的食品，睡睡懒觉，或者不去跑步。良好的健康关乎自由和可能性，而不是限制或束缚。实现这一点的关键，就是理解“平衡的艺术”。

想要健康地生活是一个看似简单的想法，可能很难表达和描述。传统的说法是要专注于运动和饮食，这的确是有益的，但更大范围的健康生活还要关注心灵幸福，把这些作为一个整体。身体和心理健康是密切相关的，接受并保持对自身人性的同情，才是一种可以终生持续的方法。因此，当我们把生活质量放在第一位，并留点空间来注意平衡，与健康有关的其他一切都会随之而来。

每天锻炼几个小时、严格控制饮食会让你很快看到成效，但它也会很快导致倦怠、压力和沮丧。如果电子秤或图表上的数字永远不能给你带来满足和平安，那它又有什么用呢？当你在健康之旅中感到迷失时，回想一下你最期待的健康生活，你正在采取的行动对于实现愿望有帮助吗？

开始尝试平衡的健康生活方式时，你可能会感觉这不像典型的健康之旅，它更像是日常决定背后的一股很微妙的暗流。从营养的角度来说，这可能只是要你比平常早一点放下餐具，把剩下的食物带回家。还可能是在意大利面中加入一份美味蔬菜，而不是加更多的奶酪来调味。它可能会把你从计算卡路里的执念中拔出来，推向更关注质量和工艺的角度。

说到运动，结束一天的工作之后，你可以选择做一些简单的瑜伽练习，

或者选择乘坐公共交通工具而不是开车上下班。你可以用出门慢跑代替跑步机，可以少一些对卡路里消耗的关注，多关注运动本身带来的快乐。

在休息时，你可以偶尔留出一段专门的时间享受烹饪，而不是总强迫自己尽可能高效地完成在厨房里的工作。花更多的时间注意配料的细节，给自己足够的包容去尝试新的菜品，并培养对食物的兴趣。早起后花几十秒钟整理一下床铺，晚上迎接你的就是一张干净整洁的床。你还可以拥抱好奇的心态，放慢速度，给自己一点时间喘口气、放松一下。

当你去附近的咖啡馆买饮料时，跟你遇到的人微笑、打招呼。在博物馆的书店里为同事的孩子买一本他最喜欢的恐龙书，或者为手里拿着东西的人开门。最简单不过的事还包括，在地铁车厢里注意到有一个婴儿在你旁边睡觉时，降低说话的声音。

以一种平衡的心态对待健康，就是作为人类的自我认同。

这些都是很微妙的变化，但在我们的一生中，它们可能以非常有力的方式改变健康。善意的举动可以增加自信，也许会促使我们尝试更具挑战性的锻炼，让我们在晚上睡得更好，同时，因为压力减小了，我们会发现自己吃得更健康了。这四个支柱以及其中所包含的心理和生理健康方面的因素，都在以显而易见或不易察觉的方式密切地相互关联着。只要加强其中的一根支柱，就可以提升其他支柱。

以平衡的心态对待健康，就是要对人性以及我们的生活表现的独特细节保持同情心。不要用非黑即白或是非对错来看待一切，享受找到你特有立场的过程。对人性的承认，让我们能够深入实践过程中，在旅程中找到可持续性，而不是被选择压倒或感到内疚。以这种方式拥抱平衡的艺术时，我们就学会了一种健康的方法，使自己活得更健康、更快乐、更长寿。

营养

运动

休息

社交

致　谢

WA –THE ART OF BALANCE

我该如何感谢所有帮助我写成这本书的人呢？每当我花时间阅读我读过的书中致谢的部分时，我总是惊讶地发现跳出来的名字如此之多。我现在明白为什么了。

我首先要感谢我的父母和姐妹们，他们甚至在我不知道自己在做什么之前，就选择了无条件地支持我。当我分心时，妈妈会帮我检查草稿，引导我回到正轨。当我躲在房间里打字时，她会确保我有东西吃。生活中不可避免地会有值得庆祝的时刻和艰难的时刻，我很高兴能和你们一起分享人生的酸甜苦辣。

我还要感谢我的经纪人米歇尔，是她打开了那扇门，她问我："你有没有考虑过写本书？"我当时并没有期待它能被写出来，但是今天，哇！这本书已经以美妙的方式在这里结束了。

最后，非常感谢整个沃特金斯团队。我不是出版、营销或书籍设计方面的专家，所以我感到很幸运，有这样一个才华横溢的团队来支持我的写作，使出书成为可能。我要特别感谢编辑艾拉和布列塔尼，感谢你们对本书的信任，感谢你们做出了最艰难的努力，把愿景变成了现实。我非常感谢你们的耐心。也感谢海莉，是她把一堆乱七八糟的想法和文字变成了读者可以享受的东西。他们的才能永远会让我感到惊奇！